KB078382

낭인천하

무림낭객(武林浪客)

백야 新무협 판타지 소설

FANTASTIC ORIENTAL HEROES

낭인천하 7

백야 新무협 판타지 소설

초판 1쇄 찍은 날 § 2013년 7월 31일
초판 1쇄 펴낸 날 § 2013년 8월 12일

지은이 § 백야
펴낸이 § 서경석

편집부장 § 권태완

펴낸곳 § 도서출판 청어람
등록번호 § 제1081-1-89호
등록일자 § 1999. 5. 31
어람번호 § 제2-2375호

주소 § 경기도 부천시 원미구 심곡2동 163-2 서경B/D 3F (우) 420-822
전화 § 032-656-4452 팩스 § 032-656-4453
http://www.chungeoram.com
E-mail § chungeorambook@daum.net

ISBN 978-89-251-3409-3 04810
ISBN 978-89-251-3103-0 (세트)

浪人天下

7

낭인천하

무림낭객(武林浪客)

백야 新무협 판타지 소설

FANTASTIC ORIENTAL HEROES

도서출판 청림

目次

第一章
고민(苦悶)

담우천은 어이가 없었다.

그처럼 지킬 게 별로 없는 사람이 어디 있는가.

그에게는 지킬 재산도, 명예도, 권력도 없었다. 그저 자신의 아내와 아이들, 그리고 몇 가지 약속이 전부였다.

"아니에요. 약속이라는 굴레에 얽매이는 게 재산이나 명예나 권력을 지키는 일보다 더 힘든 거예요."

자하는 솜사탕처럼 부드럽고 달콤한 눈빛으로 담우천을 고즈넉이 바라보면서 말을 이어나갔다.

1. 가장 어리석은 사람

"믿을 수 없군."

객청 계단 앞 그늘 가에 앉아서 마당을 내려다보던 담우천은 저도 모르게 중얼거렸다.

무공을 익힌 것으로 따지면 채 반 년 정도밖에 되지 않았다.

그것도 유주의 저귀로부터 배운 정체를 알 수 없는 심법과 기껏해야 삼류라고도 할 수 없는 초보적인 몇 가지 무공이 전부였다.

그러니 좋은 스승 밑에서 제대로 된 자세를 잡고 실전적인 수련을 통해 나름대로의 고급 무공을 익힌 걸로만 치자면 불과 두어 달밖에 되지 않은 게다.

그럼에도 불구하고 담우천의 큰 아들, 이제 불과 아홉 살밖에 되지 않은 담호는 벌써 내가기공(內家氣功)을 펼치는 중이었다.

물론 내가기공이라고 해봤자 한두 번의 지풍(指風)으로 전 내력을 소진하여 안색이 창백해지는 상황에 불과했지만, 그래도 지풍을 발출한다는 그 자체가 놀랍고도 믿을 수 없는 경지인 것이다.

"어떻습니까, 잘 가르쳤죠?"

담호의 스승 노릇을 하고 있는 이매망량 중 이매청풍이 다가와 어깨를 으쓱거리며 물었다.

이매망량은 담우천이 자하를 찾아 중원을 떠도는 동안 담호를 붙잡고 자세부터 시작하여 올바른 운기행공, 몇 가지 무공들, 그리고 단전에 쌓이기 시작한 내공을 구현화시켜서 신체 외부로 발출시키는 공부를 가르쳤다.

그들 또한 담호의 믿을 수 없을 정도로 빠른 습득력과 놀라운 성장력에 혀를 내둘렀다.

"이 녀석, 우리 때보다도 열 배는 빠른 것 같아."

"어쩌면 천 년에 한 번 태어나는 기재를 우리가 가르치고 있는지도 모르겠군."

"이거… 우리가 이 녀석을 가르쳐도 될지 모르겠네."

이매청풍과 만월망량은 자신들의 예상보다 몇 배는 빠르게 성장하는 담호를 지켜보며 몰래 수군덕거렸다. 확실히 담호는 물을 빨아들이는 솜처럼, 이매망량이 가르치는 모든 것들을 자연스럽고 빠르게 받아들이고 있었다.

'대장도 놀라는 게 당연하지.'

이매청풍은 어떠냐는 표정을 지은 채 담우천의 대답을 기다리고 있었다. 담우천은 만월만량이 지켜보는 가운데 초식을 표연하는 담호를 바라보다가 천천히 고개를 끄덕이면서 입을 열었다.

"그래. 잘 가르쳤다. 좋은 스승이 둘이라서 그런지 녀석의 성장속도가 제법 빠르군그래."

담우천의 말에 이매청풍은 흘러나오는 웃음을 억지로 참았다.

자랑스러운 기색이 그의 얼굴에 가득 스며들었다. 그러나 이매청풍은 곧 정색하며 말했다.

"사실 우리가 대단한 건 아닙니다. 아호가 뛰어난 거죠. 하나를 가르치면 열을 안다고나 할까요? 저도 나름대로 기재라고 생각했지만… 저런 녀석은 처음 봅니다. 정말 백년, 천 년에 한 번 태어날까 말까한 천재입니다."

"천재는 무슨."

"아닙니다."

이매청풍은 진지하게 말했다.

"만약 진짜 뛰어난 스승 밑에서 제대로 된 공부를 한다면 근 십 년 내로 문경의 경지를 뛰어넘을 것이고 이십 년이 지나면 천하제일 고수가 될 것입니다. 그리고 마흔 살이 되기 전에 사상 최고의……."

"됐다."

담우천은 손을 내저어서 이매청풍의 설레발을 잘라냈다.

이매청풍은 억울하다는 얼굴이었다.

그때 무투광자가 어슬렁거리며 다가왔다. 늦잠을 자놓고도 여전히 졸린 듯 길게 하품을 하고 있었다.

"무슨 이야기를 그리 재미있게들 하우?"

무투광자의 말에 이매청풍이 담호의 자랑을 다시 늘어놓았다.

무투광자는 눈을 가느스름하게 뜬 채 담호를 지켜보다가 고개를 끄덕이며 이매청풍의 말에 동의했다.

"확실히 대단한 기재인 것 같아. 우리들이 어렸을 때보다 몇 배는 더 빠르게 성장하는 걸 보면."

무투광자나 이매청풍 모두 그 기재를 인정받은 까닭에 갓난아기 시절부터 특수한 교육을 통해 초일류급 고수로 성장한 인물들이었다.

그런 이들조차 혀를 내두를 정도로 담호의 기재성은 뛰어났다.

"더 놀라운 건 말이지."

무투광자가 말을 이었다.

"가르치는 이들이 형편없음에도 불구하고 저 정도의 놀라운 성장을 한다는 데 있는 게야."

"형님!"

이매청풍이 성난 듯 불렀지만 무투광자는 모른 척하면서 화제를 돌렸다.

"그나저나 말입니다. 제갈원이라는 자가 그렇게 강합디까, 형님이 옴짝달싹하지 못할 정도로?"

담우천은 묵묵히 고개를 끄덕였다. 무투광자는 믿을 수 없다는 표정을 지으며 고개를 홰홰 돌렸다.

"것 참… 놈이 만벽파(萬壁破)를 뛰어넘은 생사록(生死爐)의 고수라도 되는 겁니까?"

그의 말에 담우천은 살짝 고개를 갸웃거리며 중얼거렸다.

"만벽파와 생사록이라……."

그는 잠시 무언가를 생각하는가 싶더니 진지한 표정으로 입을 열었다.

"안 그래도 예전부터 궁금했거든. 그 무공 순위라는 게 말이지."

"무슨 말씀이십니까?"

"아니, 일반적으로 구파일방의 당주 급의 실력을 가진 고수를 당경이라고 하고 장로 급을 노경이라고 하잖아?"

"네, 장문인 급의 절정고수는 문경이라고도 하죠."

"그 분류가 의아하다는 거네."

"흠……."

"구파일방의 당주라고 해도 그 나름대로 서열이 있을 테고 무공의 고하(高下)도 있을 것이다. 어떤 당주는 거의 장문인에 가까운 실력을 지녔을 테고 또 어떤 이는 일반 문하생 정도의 수준밖에 되지 않지만 그 인품과 성품을 인정받아 당주가 되었을 수도 있겠지."

"그거야 그렇겠죠."

"그런데 그런 것들을 구분하지 않고 한데 뭉뚱그려서 당경이라고 한다면 말이지, 당경이라는 게 과연 어느 수준의 실력을 의미하는지 도통 감을 잡을 수가 없게 되거든."

"그야… 당주들의 평균 실력을 가지고……."

"모든 당주들의 무공 실력을 일일이 확인하고? 그 실력들을 확인한 후 일(一)에서 십(十)까지 점수를 매긴 다음 평균을 낸다? 누가 그 작업을 했지?"

"그야… 애당초 문영(文英)이라는 사람이 그 기준을 만들어 세웠으니까 그가 하지 않았을까요?"

이매청풍이 자신 없다는 듯이 되물었다. 담우천은 고개
를 저으며 말했다.

"아니, 내가 알기로는 문영이라는 자, 비록 무림백팔인명
기(武林百八人名記)나 강호칠십이무공록(江湖七十二武功錄)
등을 저술하기는 했지만 그렇다고 무공이 뛰어난 고수는
아니었거든. 외려 무공과 강호무림에 흥미를 가진 학사(學
士)에 가까웠는데……."

"흠."

"그런 그가 구파일방의 모든 당주들과 장로들 그리고 장
문인들의 무공을 견식하고 평가한 후 평균을 냈을 리가 없
지. 그럴 능력도 되지 않거니와, 또 구파일방의 사람들이
그런 걸 허락할 리도 없을 테니까."

"그럼 모든 게 상상이라는 건가요?"

"아마도 그럴 거야."

담우천은 고개를 끄덕이며 말을 이었다.

"그저 그는 고수의 등급을 나누고 싶었을 뿐일 테고, 나
누다 보니 다른 이들이 쉽게 이해할 만한 구파일방을 끌어
다가 썼을 뿐이겠지."

"하지만 어쨌든 우리는 그가 분류한 등급에 따라 고수들
의 실력을 가늠하지 않습니까?"

무투광자가 반론처럼 물었다.

"그게 문제라는 게다."

담우천이 말했다.

"무의식적으로, 아무런 의심 없이 무작정 가져다 쓴다는 게 문제가 되지."

"그게 왜 문제가 됩니까?"

무투광자는 여전히 이해가 가지 않는다는 얼굴이었다. 담우천은 그를 바라보며 물었다.

"너는 어떤 등급에 속하지?"

무투광자는 어깨를 으쓱하고는 대답했다.

"노경에서 문경 사이 정도라고 하면 될 것 같습니다."

"애매하군."

담우천은 턱을 쓰다듬으며 말했다.

"노경이면 노경이고 문경이면 문경이지 그 중간은 또 뭐야?"

"그야… 일반 노경보다는 강하고 문경보다는 조금 약하지 않을까 싶어서……."

무투광자의 말에 이매청풍이 피식 웃으며 말했다.

"에이, 나름대로 겸손하게 말한다고 하는 말입니다. 아마도 속으로는 최소한 문경 급이라고 생각하고 있을 걸요."

무투광자는 머쓱해 했고 담우천은 가볍게 미소를 머금

었다.

"어쨌든 그래, 문경이라고 하자. 그럼 너는 청성파 장문인과 싸워 이길 수 있나?"

"그야 이길⋯⋯."

"그럼 무당파 장문인과는? 소림사 장문인과는?"

담우천의 계속 이어지는 질문에 무투광자는 당황하여 말했다.

"확실히 모르겠지만 아무래도 질 확률이 높겠죠."

"그게 뭔가? 같은 문경의 고수들인데 왜 그리 차이가 나지?"

"그거야 아까도 말씀드렸지만 같은 문경이라도 실력의 고하가 존재하니까요."

"그럼 소림사의 장문인이 만약 생사록의 경지에 있다면 말이지, 그 다음부터는 문경이 생사록으로 바뀌게 되나?"

"그, 그야⋯⋯."

"아니, 구파일방의 모든 장문인들이 수련을 거듭하여 마침내 벽을 깨고 만벽파가 된다면 그때부터는 문경이 곧 만벽파가 되는 건가?"

"그, 그야⋯⋯."

무투광자는 대답하지 못했다.

평소 그저 평범하게, 아무런 생각 없이 가져다 썼으니 지금처럼 깊이 파고들면 대답할 말이 없을 수밖에 없었다.

"어쩌면 구파일방의 장로들은 이미 노경을 벗어나 문경에 이르렀을지 모르지. 또 장문인들은 이른바 심벽이라고 불리는 것을 깨고서 만벽파나 생사록의 경지에 도달했을 수도 있겠고."

반면 담우천은 평소 노경이니 문경이니 하는 분류에 대해 이런 저런 생각을 하고 있었는지 거침없이 이야기했다.

"그러니 구파일방의 사람들을 기준으로 삼아서 등급을 나누는 건, 그야말로 어리석고 한 치 앞도 내다보지 못하는 일에 불과하다."

"흐음."

담우천의 말을 듣던 모든 이들이 고개를 끄덕였다. 듣고 보니 일리가 있는 말이었다.

그러나 여전히 무투광자는 승복하지 못하겠다는 듯이 반문했다.

"하지만 말입니다. 그럼 무엇으로 기준을 나눠야 합니까? 어떤 사람의 무공 수위를 설명하는데 있어서 지금 기준보다 더 명확하게 듣는 이를 이해시킬 수 있는 방법이 있습니까? 그렇다면 저 역시 더 이상 문경이니 생사록이니 하는 걸 쓰지 않겠습니다."

"흠……."

이번에도 사람들이 고개를 끄덕였다.

확실히 문영의 구분법만큼이나 간단한 방법이 없었다.

"아, 왕팔 말이지. 삼사 년까지만 하더라도 당경 급이었는데 올해 보니 거의 노경 급이더라구. 정말 많은 노력을 했나 봐."

그것만으로도 듣는 사람들은 왕팔의 무공이 어느 정도인지 대충 가늠할 수가 있었다. 설령 왕팔에 대해서 전혀 모르는 사람이라 하더라도 말이다.

담우천도 고개를 끄덕이며 말했다.

"물론 그런 편의성이 있다는 건 사실이다. 하지만 그 편의성 때문에 기준의 불명확한 점에 대해서 함구하는 것도 틀리다는 것이다. 더 이상 구파일방의 장문인이나 장로, 혹은 당주들이 기준이 되어서는 안 된다는 게지."

"뭐, 다들 알고 있지 않겠습니까?"

매번 흠… 흠… 하면서 고개를 끄덕이기만 하던 이매청풍이 끼어들었다.

"애당초 그 분류의 기준이 되는 구파일방의 당주니 장로니 하는 게 당금 구파일방의 사람들과 전혀 상관이 없다는 걸 말입니다. 당경과 노경의 당주와 장로는 현재 구파일방의 그들이 아닌, 이른바 구분과 분류를 위해 존재하는 하나의 경계라는 것을 말입니다."

"흠."

이번에는 무투광자가 고개를 끄덕였다.

"그러니까 구파일방의 당주가 실상은 만벽파의 경지에
올라 있다 하더라도 크게 의아해할 사람은 없을 겁니다. 그
걸 시시콜콜하게 따지는 사람들이 어리석은 거겠죠."

"허어, 간만에 옳은 소리를 하는군그래."

무투광자가 무릎을 쳤다.

담우천도 빙긋 웃으며 말했다.

"그렇군. 그 말이 옳다. 결국 내가 가장 어리석은 사람이
되고 말았지만 말이다."

"하하하. 잘 알고 있군요., 형님."

무투광자가 크게 웃었다.

그 바람에 마당에서 한참 수련 중인 담호가 동작을 멈추
고 그들을 돌아보았다.

이매청풍이 싱글거리며 말했다.

"아니다, 너보고 웃은 게. 어서 계속하거라."

2. 죽은 자도 살린다는 사람

"내공만으로 치자면 그를 상대할 자가 현 무림에 있을까,

싶을 정도로 강한 자다."

담우천은 자신이 상대했던 제갈원에 대해서 설명했다.

"뭐랄까, 실전 경험은 확실히 부족해 보이고… 초식의 운용 면에서는… 어떨지 모르겠다."

무엇보다 실전 경험이라는 것은 매우 중요한 요소였다. 아무리 내공이 높고 최고의 무공을 익혔다 하더라도 실전 경험이 그를 뒷받침해 주지 않는다면 제 실력을 온전히 발휘할 수 없을 수밖에 없다.

'이번에 확실히 느꼈지.'

담우천은 잠시 상념에 빠졌다.

중원을 떠나 은거한 상태에서 나름대로 무공을 수련한다고 했지만 외려 그의 실력은 더 형편없어졌다.

내공은 더 깊어졌을지 몰라도, 초식의 운용은 더 원활해졌을지 몰라도, 사람을 상대하는 데 있어서의 직감력이나 응용력, 순발력 등등은 십여 년 전보다 훨씬 뒤쳐진 것이다.

그는 예전이라면 충분히 피할 수 있었던 일격을 막지 못했다.

또한 미리 예상하고 준비했을 상황임에도 불구하고 그는 전혀 눈치채지 못한 채 함정에 빠져들었다.

그것은 실전감각이 무뎌졌기 때문에 나타난 현상이었다. 그리고 실전감각이 예전, 그러니까 잘 버무린 칼날처럼 번

뜩이는 감각으로 되돌아오려면 아직도 실전 경험을 더 쌓아야 했다.

거기까지 생각을 이어가던 담우천은 문득 현실로 돌아와 헛기침을 하며 다시 이야기를 진행했다.

"그에게 실전 경험이 없다는 건 큰 약점이지. 하지만 제갈 가문에서 전력을 다해 키운 것 같으니… 앞으로 실전 경험만 제대로 쌓이면 실로 엄청난 고수가 될 가능성이 높다."

그게 담우천이 본 제갈원이었다.

비록 성격 더럽고 오만한 제갈원이었지만 그래도 태극천맹의 오대가문 중 하나인 제갈가의 소가주였다.

담우천은 문득 옛 기억을 떠올렸다.

"내게는 너만 한 아들이 있다. 늦게 본 까닭에 애지중지 키웠지. 나도 그랬지만 특히 내 아내가 더 심했다. 녀석의 말이라면 무엇이든 들어주고 원하는 대로 해주며 오냐오냐했으니까. 어렸을 적부터 그리 자랐으니 제대로 된 성격을 갖추기 어려운 건 당연하겠지. 지금의 녀석은……."

아무도 찾지 않는 깊은 산속에서 제갈보국은 담우천을 돌봐주면서 그렇게 이야기했다.

당시 제갈보국은 아들 제갈원의 성격에 대해 많은 아쉬움과 한탄을 토했지만, 결코 그의 재능에 대해서 이야기한 적은 단 한 번도 없었다.

'어쩌면······.'

담우천은 입술을 깨물었다.

그때 자신을 애지중지 다뤘던 제갈보국의 의도에 대한 의심이 든 것이다.

'당시 나는 제대로 이름조차 알 수 없는 약물까지 먹고 그 물에서 목욕했다. 그 와중에 효능이 없거나 혹은 독물에 가까운 약물들도 있었지.'

당시는 그저 단순하게, 담우천의 깊은 상처와 내상을 고치기 위해 이것저것 여러 가지를 시도하는 거라고 여겼다. 담우천은 제갈보국이 제 아들보다 자신을 더 끔찍하게 여긴다고 생각했으니까.

그러나 제갈보국을 만나고 난 이후로 담우천의 생각은 바뀌었다.

어디까지나 제갈보국의 아들은 제갈원이었다. 아무리 성격이 좋지 않더라도, 아무리 불효자라 하더라도 결국 아들은 아들일 수밖에 없었다.

담우천은 타인에 불과했다. 아니, 한 번 쓰고 버리는 무기였을 따름이었다. 혹은 사냥이 끝나면 죽게 되는 사냥개와 같은 존재였을 것이다.

그저 잠시 동안, 오로지 단둘만이 생활하면서 쌓인 정과 친분을 사랑이라고 착각했을 뿐이었다. 또 어쩌면 그걸 노리고 일부러 단둘이서만 생활했을 수도 있었다.

담우천이 제갈보국을 친부(親父)처럼 생각하게 된다면 그처럼 부려먹기 쉬운 일이 또 어디 있을까. 제갈보국은 비선의 총책임자였고 담우천은 비선의 행동대를 지휘하는 대장이었으니까.

'아마도 그럴 가능성이 높다.'

또 그런 연유로, 담우천은 제갈원을 대신한 실험 대상이 되었을 수도 있었다.

제갈원이 복용하거나 그 약물에 몸을 담그기 이전에, 부작용은 없는지 효능은 어떤지 확인하기 위해 제갈원은 담우천의 신체를 이용했을지도 몰랐다.

마치 왕이 식사를 하기 전 독이 있는지 확인하기 위해 내시가 먼저 한 수저씩 맛을 보는 것처럼.

'더러운 세상이군그래.'

담우천은 자조적으로 웃었다.

그때였다.

"아니, 무슨 생각을 그리 깊게 하십니까?"

이매청풍이 그의 팔을 잡아 흔들며 물었다. 비로소 담우천은 자신만의 상념에서 깨어났다.

"몇 번이나 물었는데 대답을 안 하시니 말입니다."

"응? 뭘 물어보았지?"

"앞으로 어떡하실 생각이냐고 물어보았습니다."

이매청풍의 말에 담우천은 입을 다물고 고개를 돌렸다. 벌써 오후가 되었는데 객청 앞마당에서는 아직도 담호가 무공을 수련하고 있었다.

땀으로 목욕을 한 것처럼 흠뻑 젖어 있지만 여전히 내지르는 손과 발은 힘이 넘쳐흘렀다. 외려 지켜보고 있는 만월망량이 더 지쳐 보였다.

제대로 된 무공을 좋은 선생 밑에서 배운다는 기쁨과 흥분이, 지금 어린 아들이 느끼고 있는 그 감정들이 담우천에게까지 고스란히 전해졌다.

담우천은 다시 제 주변에 둘러 앉아 있는 무투광자와 이매청풍을 돌아보며 입을 열었다.

"우선 다른 은신처를 찾아야 한다. 한곳에 너무 오랫동안 머무는 건 좋지 않으니까."

"은신할 장소야 우리가 얼마든지 찾을 수 있습니다. 우리가 물어본 건 그게 아니라… 이것으로 모든 은원을 정리할 생각인지, 아니면 복수를 할 것인지 물어보는 겁니다."

무투광자가 투덜거리듯 말했다. 이매청풍이 재빨리 그

말을 받았다.

"이틀 전 우리끼리 이야기해 보았습니다. 그리고 만약 대장께서 복수를 하겠다면 우리 또한 힘을 실어드리겠다고 결론이 났구요. 망량이나 염요도 우리와, 아니 대장과 끝까지 함께 가겠다고 말했습니다."

무투광자가 어깨를 으쓱거리며 입을 열었다.

"뭐, 싫든 좋든 어차피 발을 담근 형국이니까 끝까지 갈 수밖에 없지 않겠습니까."

무투광자의 말에 담우천은 입술을 깨물었다.

선택의 갈림길.

십여 년 전에도 이런 적이 있었다.

복수를 할 것이냐. 철저하게 숨어서 연명할 것이냐.

당시 담우천은 복수보다 동료들의 안위를 먼저 생각했다. 계란으로 바위를 치다가 모두 죽는 것보다는 그래도 끝까지 버티고 살아남는 게 더 중요하다고 여겼다.

그런 까닭에 담우천은 비선조의 해체를 선언하고 유주 너머 변방으로 떠난 것이다.

그런데 또 지금 예전의 동료들이 다시 선택을 강요하고 있었다.

'제갈가와 싸운다는 것은 목숨을 걸겠다는 뜻이다.'

그럼에도 불구하고 동료들은 웃으며 말하고 있었다. 살

짝 고개만 돌리면 평온한 삶을 계속 영위해 나갈 수 있을 텐데 그들은 정면으로 담우천을 바라보고 있었다.

담우천은 그런 시선이 부담스러웠다. 그리고 자신의 일에 동료들의 목숨을 거는 걸 원치 않았다.

그래서 그는 조용히 입을 열었다.

"우선 손이 다 나을 때까지는 쥐 죽은 듯이 있을 것이다."

이매청풍이 손뼉을 치며 말했다.

"그다음에 놈들을 때려잡겠다 이거군요."

"아니."

담우천은 천천히 고개를 흔들었다.

"복수할 생각은 없다."

"네에?"

"손이 낫는 대로 중원을 떠날 것이다. 놈들이 찾을 수 없는 곳을 찾아서 영원히 돌아오지 않을 것이다."

"그, 그게 뭡니까, 대장! 형수님께서 도대체 무슨……."

이매청풍은 어이가 없다는 얼굴로 항변하려 했다.

하지만 무투광자가 손을 뻗어 그를 제지했다. 그리고는 끄응, 하며 무릎을 붙잡고 자리에서 일어났다.

"형님 생각이 그렇다면 따라야겠지."

그는 더 이상 담우천을 바라보지 않았다.

"가자, 다음 은신처를 구하러."

"하지만……."

"하지만이고 뭐고… 형님이 그렇게 하겠다는데 우리가 가타부타 떠들 이유가 없잖아? 뭐해, 일어서지 않고."

무투광자의 재촉에도 불구하고 이매청풍은 여전히 이해가 가지 않는다는 얼굴로 담우천을 바라보았다.

담우천은 그저 무심한 눈빛으로 제 아들의 수련 장면을 지켜보았다.

그때였다.

누군가 장원의 문을 두드렸다. 이매청풍이 한숨을 쉬며 자리에서 일어나 문으로 향했다.

"누구십니까?"

이매청풍이 묻자 문 너머에서 늙수그레한 목소리가 들려왔다.

"아, 기 늙은이입니다."

기효의(箕曉毅)였다.

그는 담우천을 치료하는 노의생으로, 매일처럼 장원에 들러 담우천의 부상을 살피고 있었다.

이매청풍이 문을 열어주었다.

기효의는 안으로 들어섰다. 그는 사람들에게 인사 하며 담우천에게 다가왔다.

"자, 어디 한 번 봅시다."

그는 담우천의 손을 칭칭 동여맨 붕대를 풀었다. 고약한 냄새가 풍겼다. 누런 고름이 뚝뚝 떨어지는 가운데 새빨간 살점과 뼈가 고스란히 드러났다.

기효의의 표정이 굳어졌다.

"벌써 열흘이 넘게 치료를 했는데……."

이매청풍이 믿음직스럽지 않다는 얼굴을 하며 기효의에게 말했다.

기효의는 머리를 긁적였다.

"그게… 이 정도 화상이라면 쇤네도 어쩔 도리가 없습니다. 새살이 돋고 상처가 아물게 하려면 만년산삼 정도의 영약에다가 죽은 자도 살릴 정도의 의술을 지닌 의생이 필요합니다."

"흠, 만년산삼이라면 어떻게 구할 수가 있겠는데."

무투광자의 말에 기효의의 눈빛이 반짝였다.

"아, 그렇다면 제가 뛰어난 의생을 소개해 드릴 수도 있습니다만."

"그 의생이라면 죽은 자도 살릴 수 있나?"

"아니, 그 정도는 아니겠지만 말입니다. 어쨌든 저 전설의 약왕문의 후인(後人)이라고까지 소문날 정도의 의술을 지녔으니까요."

"호오."

무투광자는 감탄하듯 나지막한 탄성을 흘렸다.

약왕문이라면 이른바 모든 의생들이 추앙하고 경외하는 전설적인 문파였다. 약왕문의 표식인 약왕기(藥王旗)가 펼쳐지면 대륙의 모든 의생들이 무릎을 꿇고 복종한다 했다.

심지어는 황궁의 어의(御醫)들마저 그 지시에 따르기 때문에 황제의 목숨까지 좌지우지할 수 있다는 전설이 있었다.

전해 내려오는 이야기에 따르면 기백 년 전 황실과 군대에 의해 무림이 전복되고 소멸될 위기에 처해졌을 때, 약왕문과 약왕기의 출현으로 그 위기를 벗어났다고 한다.

또한 약왕문의 사람들은 하나같이 신의(神醫)의 경지에 이르러 있어서 손짓 한 번으로 앉은뱅이를 일어서게 만들고 눈빛 한 번 주는 것만으로 벙어리의 말문을 트게 만든다고 했다.

심지어는 저 서역의 유명한 야소(耶蘇:예수)라는 이조차 약왕문의 전인 중 한 명이라는 이야기가 떠돌 정도였다.

"흠, 그렇게 솜씨가 좋은 의생이 있었나?"

무투광자의 물음에 기효의는 연신 고개를 끄덕이며 대답했다.

"사천(四川)에 가면 구(丘) 의생이라고 젊은 친구가 있는

데, 이 바닥에서 일하는 사람들에게는 정말 실력이 뛰어난 의생이라고 알려져 있습니다."

"그렇군."

무투광자는 고개를 끄덕였다.

질투심 많기로 소문난 의생들이었다. 그런 그들 사이에서도 실력을 인정받는 자라면 확실히 뛰어난 의술을 지닌 게 분명했다.

"그러니 어르신들께서 만약 만년설삼을 구하실 수 있다면 내친 김에 구 의생을 찾아가 한 번 진료를 받아보시는 게 어떨까, 하는 게 제 생각입니다."

기효의는 말을 하면서 담우천의 손에 약을 바르고 다시 붕대를 감았다. 그리고 가지고 온 몇 가지 약을 건네주며 자리에서 일어났다.

"아, 구 의생이라는 자 말입니다. 사천의 성도부(成都府)에 있다고 들었습니다."

3. 안아주는 사람들

"다녀오세요."

자하는 담우천의 품에 안긴 채 그렇게 말했다.

"저와 아이들은 도련님들이 잘 지켜줄 테니까요."

그럴 것이다. 무투광자는 몰라도 이매청풍과 만월망량은 아이들을 끔찍하게 아끼고 있으므로.

거기에 나찰염요와 무투광자를 포함한다면 적어도 오대 가문의 주력이 모두 나서지 않는 한, 이들을 몰살시킬 수는 없을 것이다.

하지만 담우천은 쉽게 고개를 끄덕이지 않았다.

자하를 구하게 된다면 두 번 다시 그녀와 떨어지지 않겠다고 스스로 약속하지 않았던가.

그런 망설임을 눈치챈 자하는 부드러운 손길로 담우천의 가슴을 쓰다듬으며 입을 열었다.

"약속이란 깨라고 있는 법이래요."

"누가 그래?"

"사람들이요."

담우천은 피식 웃었다.

자하는 묘한 눈길로 담우천을 쳐다보다가 그의 가슴에 턱을 괴면서 소곤거렸다.

"너무 많은 걸 지키려고 하지 말아요."

내가?

담우천은 어이가 없었다.

그처럼 지킬 게 별로 없는 사람이 어디 있는가.

그에게는 지킬 재산도, 명예도, 권력도 없었다. 그저 자신의 아내와 아이들, 그리고 몇 가지 약속이 전부였다.

"아니에요. 약속이라는 굴레에 얽매이는 게 재산이나 명예나 권력을 지키는 일보다 더 힘든 거예요."

자하는 솜사탕처럼 부드럽고 달콤한 눈빛으로 담우천을 고즈넉이 바라보면서 말을 이어나갔다.

"약속도 반드시 지켜야 할 게 있고, 지키지 않아도 상관없는 게 있어요. 또 지킬 수 없는 약속도 있답니다. 가령 당신이 했던, 평생 나와 떨어지지 않겠다는 식의 약속은 전혀 지킬 수가 없는 약속이에요."

"하지만……."

"그런 약속을 지키지 못한다는 걸 두고 아쉬워하거나 속상해하지 마세요. 대신 그렇게 지키지 못할 약속은 더 이상 하지 마세요."

자하의 말에 굳어져 있던 담우천의 표정이 천천히 변했다.

그는 한숨을 쉬며 말했다.

"약속에 대한 강박 관념이 있는 건 사실이다. 어렸을 적부터 그렇게 교육을 받아왔기 때문에. 명령과 지시에 대한 복종, 그리고 임무 완수에 대한 관철. 뭐 윗사람들은 내게 그런 것들을 원했기 때문에 일부러 더 약속에 대한 중요성을 강조했는지도 모른다."

"지금은 아니잖아요? 당신의 윗사람은 아무도 없어요."

"하지만 평생 그리 살아오다 보니까 알면서도 쉽게 바뀌지 않는다."

"안다는 것만으로도 많은 발전이 있는 거예요. 평생을 살아가면서 자신이 고쳐야 할 점을 모르고 죽는 사람이 얼마나 많은데요."

"정말이지……."

담우천은 자하를 끌어안으며 말했다.

"당신과 이야기를 나누면 늘 마음이 가벼워져. 도대체 어떻게 그럴 수가 있지?"

자하는 그의 품으로 파고들며 헤헤, 웃었다.

"누구보다도 당신을 더 잘 알고 있으니까요."

담우천은 제 품 안으로 파고드는 그녀를 꺼내 천천히 고개를 숙였다.

자하가 부끄럽다는 듯이 눈을 감았다. 그의 입술이 그녀의 보드라운 입술 위로 떨어졌다.

한없이 이어질 것만 같은 달콤한 입맞춤. 천천히 호흡이 달아오르고 가빠지기 시작했다.

담우천의 손이 천천히 움직였다. 그녀의 몸이 꿈틀거리고 있었다. 담우천이 가쁘게 숨을 몰아쉬었다. 그녀의 입에서 단내가 흘러나왔다.

담우천은 그녀를 눕혔다. 자하는 그를 껴안았다. 담우천은 그녀의 다리를 열었다.

바로 그때였다.

갑자기 자하가 몸을 틀더니 새우처럼 몸을 웅크렸다. 그녀의 보드라운 살갗은 동글동글한 소름이 쫘악 올라오면서 딱딱하게 경직되었다.

담우천은 부드럽게 그녀를 어루만져 주었다.

"미안해요."

자하가 소리죽여 말했다.

"아니다."

담우천은 최대한 편한 목소리로, 방금 전 그가 자하로부터 위안을 받았던 것처럼 자신 또한 그녀에게 위안을 주고자 다정하게 말했다.

"내가 너무 성급했어. 좀 더 느긋하고 천천히 어루만져 줬어야 하는데… 자하, 네가 너무 아름다워서 그만 나도 모르게 흥분하고 말았다."

그는 고개를 갸웃거리며 말했다.

"그러고 보면 네 잘못이 맞구나. 너무 아름다워서 날 서두르게 만들었으니까."

그답지 않은 농담이었다.

그래서 자하는 피식 웃어주었다. 그 성의와 노력에 감동

해서 그녀는 몸을 돌려 그를 쳐다보았다. 그녀는 방긋 웃으며 말했다.

"고마워요."

담우천은 아무런 말없이 그녀를 안아주었다. 자하는 그의 어깨에 얼굴을 묻었다.

일순 그녀의 표정은 딱딱하게 굳어졌다.

창백할 정도로 굳어진 얼굴, 흐릿한 눈빛. 자하는 그렇게 한없이 가라앉은 표정을 지은 채 담우천의 품에 안겨 있었다.

第二章
일상(日常)

하지만 소화의 생각은 착각이었다. 지금 자하는 제갈가가 자신을 뒤쫓아 온 거라고 생각하고 있었다.

그녀는 아무리 발버둥을 치더라도, 그 집요하고 끈질기며 악랄한 자들의 손에서 결국 벗어날 수 없다는 무력감과 두려움과 공포에 휩싸여 전신을 바들바들 떨고 있는 것이었다.

1. 두 가지 빈틈

다음 날, 무투광자와 이매청풍은 새로운 은신처를 구하기 위해 장원을 떠났다. 여전히 만월망량은 담호의 스승 노릇을 했고 소화는 담창의 보모가 되어 돌봤다.

담창은 이제 소화를 엄마라고 부르지 않았다. 소화의 교육이 있었는지 아니면 뒤늦게 제 엄마가 누구인지 알게 되었는지, 자하가 돌아온 지 여드레가 되는 날 담창은 그녀에게 두 팔을 벌리고 활짝 웃으며 말했다.

"엄마."

자하는 눈물을 글썽이며 방긋 웃었다.

"그래, 내 아가."

나찰염요는 언제나 소화와 자하와 함께 있었다. 하지만 셋이 어울려 다닌다고 하기에는 나찰염요는 늘 한 걸음 떨어져 있었다.

동료나 언니 동생이라고 하기보다는 차라리 경호 무사라고 하는 게 어울릴 정도로, 그녀는 두 사람의 근처에서 그림자처럼 머물렀다.

담우천은 여전히 객청 앞 계단 그늘에 앉아서 담호와 만월만량을 지켜보았다.

만월만량은 예전 교부, 교모들에게 배웠던 그대로 담호를 가르치고 있었다. 담호는 꽤나 열성적인 제자였고, 또 훌륭한 자질을 지니고 있었다.

늘 침착한 만월망량조차 혀를 내두르며 담우천을 돌아볼 정도였다.

"이런 녀석 보셨습니까?"

그것은 나름대로 어렵다는 무극십팔권(無極十八拳)을 불과 닷새 만에 완벽하게 시전하는 걸 보고서 담우천에게 한 말이었다.

"대장이 어렸을 적에 이랬던가요?"

"글쎄."

담우천은 천천히 자리에서 일어났다. 그는 계단을 내려

가 마당으로 향했다.

담호의 얼굴에 땀방울이 송골송골 맺혀 있었다. 소년은
맑은 눈빛을 빛내며 그의 아버지가 다가오는 모습을 지켜
보고 있었다. 그렇게 가만히 서 있는 자세만으로, 담우천은
이 아이가 생각보다 훨씬 성장했다는 사실을 눈치챘다.

"호오."

담호의 지근거리까지 다가간 담우천은 그의 자세를 훑어
보며 고개를 끄덕였다.

"좋은 사부를 만났구나."

만월망량이 어색하게 웃었다.

"좋은 제자를 만난 겁니다."

"얼마나 늘었는지 한 번 대련해 볼까?"

담우천의 말에 담호는 깜짝 놀랐다.

"정말이세요?"

소년의 얼굴에 기대와 흥분의 빛이 가득 차 올랐다.

만월망량과 이매청풍에게 수련을 받으면서 담호는 자신
의 부친이 얼마나 대단한 인물인지에 대해서 귀에 못이 박
히도록 들은 바가 있었다.

그런 이야기를 들을 때마다 담호는 한편으로는 가슴 뿌
듯하고 자랑스러웠지만 또 한편으로는 한번 아버지에게 직
접 배우고 싶다는 열망도 피어났다.

"아마 네 부친이 가르친다면 우리에게 배우는 것보다 몇 배는 더 빠르게 성장할 것이다."

"암, 그렇고말고. 네 부친이야말로 이 시대 최고의 천재라는 소리까지 들은 사람이니까."

이매청풍과 만월망량의 말은 담호에게 진한 환상을 심어주기에 충분했다.

더불어 담호는 그런 사람의 아들이기 때문에 자신 또한 누구보다 더 빨리 성장해야 한다고 생각하고 노력했다. 지금의 눈부실 정도로 빠른 성장은 바로 그러한 노력에서 비롯한 결과였다.

담우천의 말에 담호만 놀란 건 아니었다. 만월망량도 눈을 휘둥그레 뜨며 말했다.

"어쩐 일이십니까? 내일은 해가 서쪽에서 뜰 모양입니다."

담우천은 담담하게 말했다.

"자네가 얼마나 잘 가르쳤는지 직접 보고 싶거든."

"하하하."

만월망량은 어색하게 웃었다.

사실 담우천이 자리에서 일어난 까닭은 담호의 실력이 어느 정도 늘었는지 확인해 볼 요량도 있었지만 무엇보다 어제의 상념이 컸던 것이다.

제갈보국도 제 자식을 그리 아끼며 키웠다는 사실, 그리고 제갈원의 무공이 생각보다 훨씬 강하다는 사실 때문이었다.

'나중을 위해서라도.'

담우천은 십 년 뒤, 이십 년 뒤를 생각하고 있었다.

"좋아요, 아버지."

담호가 말했다. 그리고는 곧장 담우천을 향해 포권의 예를 취하고는 곧바로 자세를 취했다.

다리를 조금 넓게 벌리고 허리를 낮춘 모습.

담우천은 무심하게 선 자세 그대로 움직이지 않은 채 입을 열었다.

"덤벼 보아라. 지켜봐 주마."

매우 오만해 보이는 태도였지만 담호는 경거망동하지 않았다. 그의 부친에게는 확실히 그럴 만한 자격이 있었기 때문이었다.

담호는 신중하게 자세를 잡은 채 천천히 담우천의 주변을 돌기 시작했다. 담우천과의 거리는 약 이 장 정도. 담호의 키를 생각하면 꽤 먼 거리였다.

담우천은 그저 무심하게 서 있었다.

그는 담호가 천천히 자신의 주변을 돌아서 뒤로 돌아가든 말든 전혀 신경 쓰지 않았다.

"전력을 다해 부딪쳐 오너라."

담우천은 차분한 어조로 말했다. 어느새 그의 등 뒤로 돌아간 담호는 입술을 깨물었다.

'빈틈을 노려야 하는데.'

소년의 사부들은 늘 그렇게 말했다.

"싸움에 있어서 가장 중요한 것은 누가 더 상대의 빈틈을 잘 파고드느냐 하는 것이다. 상대가 훨씬 강한 실력을 지녔다 하더라도 제대로 빈틈을 파고든다면 단 일격에 전세를 역전시킬 수가 있다. 빈틈은 크게 두 가지로 찾아볼 수가 있다. 하나는 실력이 부족하여 공격할 때, 수비할 때 나타나는 허점이다. 다른 하나는 네가 만드는 빈틈으로 이른바 사각(死角)을 노리는 거다. 만약 전자(前者)의 허점을 놓친다면 너는 그 어떤 자와 싸운다 하더라도 패배할 것이다. 그러니 상대의 허점은 결코 놓치지 않아야 한다. 문제는 사각을 이용하는 건데… 사각이라는 건 적의 시야에서 멀어지고 내 공격권에서 가까워지는 공간을 말한다. 가령 이런 거다."

이야기를 마친 사부들은 서로 공수(攻守)의 움직임을 펼치기 시작했다. 그리고 상대가 눈치채기 전에 옆으로 파고든다거나 혹은 그걸 역이용하여 상대의 뒤로 돌아서는 식으로 손속을 나누었다.

담호는 그 화려한 공방을 지켜보면서 어떻게 사각을 이용하는지, 그리고 어떻게 사각을 방어하는지에 대해서 배울 수가 있었다.

그러나 그 공부는 지금 아무런 소용이 없었다.

담호의 상대인 담우천은 그저 가만히 서 있었다. 그러나 어디에서고 허점을 발견할 수 없었으며 또 사각을 이용해 파고들 틈도 없었다.

소년의 아버지는 산(山)과 같았다. 바다와 같았으며 바람과도 같았다.

시간이 흐를수록 담호의 이마에 맺히는 땀방울이 점점 더 많아졌다. 계속해서 담우천의 주변을 돌고 있지만 좀처럼 공격을 할 수가 없었다.

'많이 늘었군, 진짜.'

담우천은 그렇게 자신의 주위를 뱅글뱅글 맴돌기만 하는 아들을 보며 내심 감탄했다.

그의 아들은 겁먹은 게 아니었다. 담우천이 두려워서 덤벼들지 못하는 것도 아니었다. 단지 어린 나이에 어울리지 않을 정도로 신중할 뿐이었고, 또한 담우천의 기도를 감지할 정도의 실력을 지녔을 따름이었다.

고수는 고수를 알아본다는 식의 무언(武諺)이 아니더라

도, 상대방의 실력이 어느 정도인지 모른 채 마구 덤벼들었다가 일패도지(一敗塗地)하는 무림인들이 얼마나 많은가. 하류 잡배는 물론이거니와 나름대로 강호에서 이름 좀 나 있고 힘깨나 쓴다는 자들도 그러할 때가 왕왕 있었다.

그런데 지금 담호는 그런 이삼 류의 무인들보다 훨씬 뛰어난 모습을 보이고 있었다. 그것도 제대로 무공을 배운 지 불과 채 일 년도 되지 않은 꼬마 아이가 말이다. 그게 담우천을 놀라게 하고 또 감탄하게 만들었다.

하지만 담우천은 여전히 무뚝뚝한 어조로 말했다.

"언제까지 강아지처럼 그렇게 내 주위를 빙빙 맴돌 생각이더냐?"

그는 거만하게 말했다.

"차라리 꼬리를 내리고 패배를 인정해라. 한낱 강아지 따위와 손속을 섞을 정도로 한가하지 않은 몸이니까."

상대를 자극하는 것도 싸움의 기초 중 하나였다. 그리고 그 자극에 대해서 어떻게 반응하는지도 매우 중요한 행동이었다.

담우천은 지금 담호의 반응을 보고 싶은 것이다.

부친의 비아냥거림에 담호의 볼은 빨갛게 달아올랐다. 그러나 소년의 눈빛은 여전히 반짝거렸다. 소년은 함부로 움직이지 않았다.

일순 담우천은 지루하다는 듯이 두 팔을 올리며 늘어지게 기지개를 켰다.

"아함, 일찍 일어났더니 졸립군."

그의 전신 곳곳에 빈틈이 드러나는 순간이었다. 그럼에도 불구하고 여전히 담호는 공격을 시도하지 않았다. 외려 소년은 뒤로 반걸음 정도 물러서며 담우천의 기습에 방비하는 모습을 보여주었다.

'허어, 지독한 녀석이네.'

담우천은 눈을 가늘게 떴다.

이대로라면 평생 자신의 주변을 맴돌기만 할 것 같았다. 그렇다고 먼저 손을 쓸 수는 없었다.

무엇보다 담우천은 자신의 아들에게 '덤벼 보아라. 지켜봐 주마' 라고 말했으며 또 애당초 아들에게 손을 쓸 생각은 전혀 없었으니까.

'내가 저만 했을 때 교부, 교모들과 어떻게 싸웠더라?'

담우천은 문득 옛 기억을 떠올렸다.

당시 담우천을 비롯한 어린아이들은 교부와 교모들과 하루에도 수십 번이나 대련했다. 제대로 대응하지 못해서 얻어맞고 쓰러지는 건 다반사였다.

하지만 당시에도 담우천은 꽤나 대응을 잘한다고 칭찬을 받지 않았던가.

어떻게 싸웠더라.

담우천이 잠시 회상에 빠진 순간이었다. 담호의 눈빛이 섬광처럼 반짝였다. 동시에 소년의 조그마한 체구가 한 마리 삵처럼 담우천을 향해 덤벼들었다.

파앙!

소년의 주먹에서 날카로운 경기(勁氣)의 파공성이 일었다.

2. 사각은 만들어내는 것

"대단하죠?"

만월만량이 어깨를 으쓱거리며 입을 열었다.

"무려 이각(二刻)이나 공격을 자제하고 빈틈을 노렸습니다. 저 나이 또래에 그런 집중력을 가진 사람은 아호 말고는 단 한 명도 없을 겁니다."

"대단하더군."

담우천은 제 무릎에 누워 있는 담호를 내려다보며 중얼거리듯 말했다.

"그 짧은 시간에 무려 삼 초나 연달아 펼쳤다는 것도 대단하지만 무엇보다 벌써 수십 년의 내공을 몸에 지니고 있다는 점이 놀라워. 도대체 어떤 심법을 익혔기에 그런 효능

이 있는 걸까?'

만월망량의 눈이 휘둥그레졌다.

"대장이 가르쳐준 게 아닙니까?"

"아니."

담우천은 고개를 저었다.

"유주의 한 뚱보가 전수해 준 심법이다."

"호오."

만월망량은 이내 고개를 갸웃거리며 물었다.

"어떤 심법인지도 모른 채 아호가 익히도록 놔두셨습니까? 만약 불완전한 것이거나 마공(魔功) 류라면……."

"뭐 평범한 뚱보는 아닌 것 같아서, 또 아호가 나름대로 열심히 수련하는 것 같아서 가만히 놔두고 봤지. 틈틈이 맥도 짚어서 확인도 했고."

"흠, 그걸 익힌 건 작년 시월경이겠죠?"

"대충."

"대단하군요!"

만월망량은 또 한 번 감탄성을 터뜨렸다.

비선의 시절에는 냉혹하고 냉정하기로 소문났던 그였다. 하지만 이들 부자(父子)와 함께 있다 보니 매번 놀라고 감탄하며 당황해야 했다.

아니, 어쩌면 그동안 성격이 변한 것인지도 모른다. 살육의 직업을 던져 버리고 무림을 떠나서 살아온 지 십여 년. 그동안 만월망량은 예전의 만월망량에서 벗어나 새로운 인물이 되었을 수도 있었다.

그건 다른 이들도 마찬가지였다.

무투광자나 이매청풍 또한 태극천맹의 냉혹한 살수 집단인 비선의 특수 조직원들이었다.

하지만 그들은 저 어리고 철없는 계집, 호지민을 죽이는 일에 반대했다. 그녀를 살려둠으로 인해 훗날 어떤 일이 벌어질지 모르는 위험 부담을 안고서도 그들은 그녀를 살려주는데 합의했다.

세월은 모든 것을 변화하게 만든다.

유장하게 흘러가는 강의 굴곡도 바뀌고 커다란 바위가 모래로 변하기도 한다. 강산도 변한다는 십 년의 세월, 그동안 사람들은 모두 변한 것이다.

자신들도 모르는 사이에, 아니 스스로는 전혀 변하지 않았다고 생각하고 있는 동안 천천히, 시나브로 그들은 전혀 다른 사람들로 변해 있었다.

어쩌면 그동안 변하지 않은 사람은 오직 담우천뿐이리라. 또 그래서 다른 사람들은 오직 담우천만 변했다고 생각하는 것인지도 모른다.

이미 모든 게 변한 사람들의 눈에는 변하지 않은 자가 이상하게 보일 테니까.

어쨌든 만월망량은 한숨을 쉬며 고개를 흔들었다.

"불과 반 년 만에 약 이십 년의 내공을 쌓게 만드는 그런 심법이라면… 저도 배우고 싶을 정도입니다."

"나 역시."

담우천은 문득 희미하게 웃으며 말했다.

"무림인치고 훌륭한 무공을 탐내지 않는 자는 눈앞에 벌거벗은 계집을 두고 욕정을 일으키지 않는 자와 같다고 하지 않았나?"

"아, 기억납니다. 천혼 교부가 늘 하던 말씀이었죠."

"그래."

담우천의 입가에서 미소가 사라졌다.

문득 천혼 교부의 죽음이 떠오른 것이다. 천혼은 담우천에 의해 죽음을 맞이하는 마지막 순간까지 그에게 '정진하라'고 말했다.

무림인은 정진의 굴레에서 벗어날 수 없는 숙명을 지녔다. 지금 자신의 실력이 어떤 경지이든 간에 좀 더 나은 실력을 쌓고 싶어 하는 게 바로 무림인이었다.

그러니 자신의 실력보다 한 단계 상승시킬 수 있는 무공이라면 그 어떤 걸 주고서라도 갖고 싶어 하는 건 무림인의 당연한 생리라 할 수 있었다.

담우천과 만월망량이 그렇게 심법에 대해 살짝 욕심을 드러내는 대화를 나누고 있는 동안, 기절했던 담호가 으음, 하며 정신을 차렸다.

담우천이 조금은 부드러운 어조로 물었다.

"괜찮느냐?"

담우천의 무릎을 베고 있던 담호는 어찌된 영문인지 모르겠다는 표정으로 아버지를 올려다보다가 퍼뜩 정신을 차리며 일어났다.

"제가 진 건가요?"

그렇다.

조금 전의 대련에서 어떻게 졌는지도 모른 채 기절한 담호였다.

담우천이 상념에 빠진 기회를 노려 삵처럼 몸을 날린 담호는 연달아 세 가지 초식을 펼쳤다.

오른 주먹으로는 용무팔권의 일식을 뻗어냈고 무릎으로는 혁자룡이 가르쳐주었던 비연투추를 시전했다. 그리고 왼손으로는 만월망량의 비기(秘技)라 할 수 있는 망량귀혼수(망량歸魂手)의 수법으로 담우천의 관자놀이를 공격했다.

소년의 일거수일투족에는 경시할 수 없는 내력이 실려 있어서 자칫 큰 부상을 당할 수도 있는 공격이었다.

그러나 담우천은 오른발을 사선으로 크게 내딛는 동시에

가볍게 몸을 트는 동작 하나만으로 소년의 모든 공격을 무위로 만들었다.

외려 담우천의 어깨에 부딪친 담호는 달려들던 기세보다 더욱 빠른 속도로 튕겨나가더니 그대로 바닥에 나동그라지면서 정신을 잃었다.

"네 부친이 사선으로 움직이는 순간, 그것으로 모든 공격을 피하는 동시에 네 옆구리 쪽에 사각을 만들어낸 게다. 그 사각을 향해 어깨를 틀어넣었고, 그 충격에 너는 기절하고 만 것이지."

만월망량은 세세하게 설명했다.

"이 대련에서 가장 크게 느껴야 할 대목은 바로 그 점이다. 사각이라는 걸 스스로 만들 줄 알아야 한다는 것 말이다. 고수가 될수록 빈틈이나 허점, 사각은 보이지 않게 된다. 그렇다고 마냥 너처럼 주변을 맴돌 수는 없지 않겠느냐?"

담호의 얼굴이 붉게 달아올랐다.

"그럴 때는 상대의 사각을 만들어 내야 한다. 적에게서 멀리, 내게서 가까이. 이게 사각을 만들어내는 기본인 게다."

'적에게서 멀리, 내게서 가까이.'

담호는 고개를 끄덕이며 중얼거리고는 이내 환하게 웃었

다. 그리고 제 아버지를 행해 포권의 예를 갖추며 진지하게 말했다.

"좋은 가르침에 진심으로 감사드립니다."

호오.

"어떻습니까? 예의도 바르죠? 하하하."

만월망량은 크게 소리 내어 웃었다.

3. 일상의 모습

그로부터 열흘이 지나 어느덧 유월 중순이 되었다.

시기로 보면 초여름이라고 해야 할 것 같은데 벌써부터 뜨거운 양광(陽光)에 모든 것이 녹아내릴 정도로 무더운 날씨가 이어지고 있었다.

"비라도 내리면 좋겠는데."

지글지글 타오르는 양광을 힐끗 보면서 만월망량이 투덜거렸다.

가뜩이나 무더운 날씨에 무려 반나절 동안이나 계속해서 짐을 나르다 보니 그의 전신은 땀에 흠뻑 젖어 있었다. 그건 담우천도 마찬가지였다.

그들이 한 대의 마차와 한 대의 수레 가득 짐을 싣는 동안 자하를 비롯한 여인네들은 이곳 장원에서 쓰던 물품들을 끊임없이 내왔다.

"가서 사도 된답니다."

끝없이 쏟아져 나오는 짐들에 질린 만월망량이 그렇게 말해 보았지만 소용이 없었다.

"왜 괜히 돈을 써요?"

이건 소화의 대답이었고,

"그렇게 돈을 아낄 줄 모르니까 여태 혼자 사는 거야."

이건 나찰염요의 말이었다.

자하는 그저 빙긋 웃더니 주방에서 새콤달콤한 산매탕(酸梅湯)을 꺼내와 만월망량에게 건넸다.

"덥죠?"

만월망량은 산매탕을 보고는 대답조차 하지 않은 채 단숨에 한 사발을 비웠다.

원래 매실을 조린 후 꿀, 계화꽃을 함께 넣어 끓인 다음 식혔다가 얼음을 띄워 마시는 게 산매탕이었다.

자하가 건넨 산매탕에는 비록 얼음은 없었지만, 산매탕을 가득 담은 그릇의 뚜껑을 봉인한 후 차가운 우물물에 하루 종일 담가 놓았던 까닭에 그 시원함이 계곡의 물과 같았다.

"와아! 정말 더위가 단숨에 가십니다."

"다행이네요."

자하는 빈 그릇을 받아들고는 다시 주방으로 돌아갔다.

만월망량이 멍한 눈으로 그 뒷모습을 바라보았다.

"왜? 저런 여인이라면 혼인하고 싶어요?"

나찰염요가 빈정거리듯 말하자 만월망량은 눈을 가늘게 뜨며 말했다.

"임자가 아직 혼자인 까닭이 있구먼."

"뭔데요?"

나찰염요의 눈꼬리가 사뭇 올라가자 만월망량은 재빨리 손을 저으며 자리를 떴다.

"아니네, 아무것도."

*   *   *

그날 오후, 결국 마차와 수레도 모자라 한 대의 수레를 더 사오는 등의 소란을 겪은 후에야 비로소 이삿짐이 모두 정리되었다.

게다가 네 마리의 말이 끌기에는 꽤 많은 양의 짐과 사람들이 있는 까닭에 이매망량은 다시 두 필의 말을 더 사와야만 했다.

"광자 형님 말씀으로는 예서 닷새 정도 걸린답니다. 파양호(波陽湖) 북부의 안강(岸江) 마을이라고, 주변 경계하기도 좋고 탈출로도 괜찮다고 하더군요."

만월망량은 마차와 수레를 솜씨 좋게 이어붙이며 말했다. 담우천도 마차의 개량에 한몫 거들었다. 그는 사두마차에 말 두 필을 더해서 육두마차로 바꿨으며 고삐와 채찍의 길이도 그에 맞췄다.

"우리는 게서 기다리고 있겠습니다."

만월망량은 더러워진 손을 툭툭 털어내면서 말했다.

"뭘?"

담우천이 묻자 그는 당연하다는 듯이 되물었다.

"사천에 가시지 않을 겁니까?"

담우천이 묵묵히 안장을 만지작거리자 만월망량이 다시 말을 이었다.

"안 그래도 광자 형님이 만년산삼을 구하는 중이랍니다. 그러니 우리가 안강촌에 도착할 즈음이면 사천의 그 약왕인가 뭔가 하는 의생에게 갈 준비가 끝날 겁니다."

만월망량은 이미 무투광자와 이매청풍과 이야기를 다 끝냈다는 듯이 말했다.

"형수님이나 아이들 걱정은 하지 않으셔도 됩니다. 우리가 있지 않습니까?"

그제야 비로소 담우천이 입을 열었다.

"미안하다. 자꾸 내 사적인 일에……."

"그게 무슨 말씀이십니까?"

만월망량은 성을 내듯 눈살을 찌푸리며 말했다.

"가족끼리 사적인 일이 어디 있습니까? 설마 행수는 우리를 가족으로 여기지 않는 겁니까?"

담우천은 한숨을 쉬었다. 그리고는 희미하게 웃으며 고개를 끄덕였다.

"그래, 고맙다. 그렇게 하지."

4. 추적자

"누군가 뒤따라 와요."

나찰염요의 나지막한 목소리에 자하의 안색이 급변했다. 저도 모르게 제갈원의 음흉한 얼굴이 떠오른 것이다.

지금 그녀들은 여행하면서 먹을거리와 기타 준비물을 사기 위해 저잣거리에 들렀다가 다시 장원으로 돌아가는 중이었다.

소화의 수다에 자하는 정신없이 웃다가, 뒤따라오던 나찰염요가 가까이 다가오며 한 이야기에 그만 얼음처럼 굳고 말았다.

"모른 척하세요."

나찰염요는 자하의 팔짱을 끼며 웃었다. 소화는 영문을

모른 채 따라 웃었다. 자하도 억지로 미소를 지었다.

　그녀들은 유쾌하게 이야기를 나누면서 길을 걸었다.

　문득 나찰염요가 '으음' 하고는 걸음을 멈췄다. 그녀는 안절부절 못하며 주위를 둘러보았다.

　"왜요, 언니?"

　소화가 물었다.

　"소피가 급해."

　나찰염요의 말에 그녀는 황당하다는 듯이 그녀를 바라보더니 억지로 웃음을 참았다. 그리고는 사방을 둘러보다가 골목길을 발견하고는 얼른 말했다.

　"저쪽으로 가요."

　나찰염요는 고개를 끄덕였다.

　세 명의 여인은 곧 골목길 안쪽으로 걸어갔다. 길 양쪽이 건물들로 죽 늘어선, 좁디좁은 골목길이었다.

　그 골목길 안쪽으로 조금 걷다가 좌측으로 꺾어지는 순간, 나찰염요는 일행들을 안쪽으로 밀어붙이고는 벽에 등을 가져다 댔다.

　"왜……."

　"쉿."

　나찰염요가 손가락을 입에 대었다. 그녀의 굳은 표정을 본 소화는 황급히 입을 다물었다.

저벅저벅.

투박하게 걷는 소리가 골목길 저편에서 희미하게 들려왔다.

그 소리가 점점 더 가까워진다 싶은 순간, 갑자기 나찰염요가 몸을 날리며 공격을 퍼부었다.

"뭐, 뭐야!"

사내의 거친 목소리. 그리고 매서운 파공성과 날카로운 기합 소리가 골목길 저편에서 들려왔다.

자하는 침착하게 서 있었지만 그녀의 몸은 부들부들 떨리고 있었다. 소화도 잔뜩 겁에 질리기는 마찬가지였다. 하지만 자하가 떠는 걸 보고는 재빨리 그녀의 손을 잡으며 소곤거렸다.

"걱정 마세요. 염요 언니, 정말 쎄다구요."

아마도 소화가 패배할까 봐 걱정하는 거라고 여긴 모양이었다.

하지만 소화의 생각은 착각이었다. 지금 자하는 제갈가가 자신을 뒤쫓아 온 거라고 생각하고 있었다.

그녀는 아무리 발버둥을 치더라도, 그 집요하고 끈질기며 악랄한 자들의 손에서 결국 벗어날 수 없다는 무력감과 두려움과 공포에 휩싸여 전신을 바들바들 떨고 있는 것이었다.

골목 저편에서는 몇 차례의 우당탕탕거리는 소리가 이어지더니 이내 모든 게 끝난 듯 조용해졌다.

소화가 걱정스레 고개를 내밀려는 순간이었다.

"꺅!"

나찰염요가 갑자기 나타나는 바람에 소화는 저도 모르게 비명을 내질렀다. 나찰염요는 무슨 호들갑이냐는 듯이 그녀를 바라보고는 자하를 향해 말했다.

"잡았어요."

"그들이야?"

자하는 저도 모르게 그렇게 물었다.

"아뇨, 그건 아닌 것 같아요."

나찰염요는 자하의 질문이 무슨 의미인지 알아차린 듯 고개를 저었다.

"그럼 누구야?"

"글쎄요. 우선 혈도를 제압해 뒀으니까, 장원으로 돌아가서 확인해 보죠."

자하는 조심스레 골목길로 나섰다. 그곳에는 평범해 보이는 중늙은이가 아무렇게나 쓰러져 있었다.

자하는 그의 얼굴을 자세히 들여다보았다. 생전 처음 보는 사람이었다. 물론 나찰염요의 말대로 제갈가의 사람도 아닌 것 같았다.

그때였다. 그녀의 등 뒤에서 나찰염요의 한숨 섞인 목소리가 들려왔다.

"그나저나 이자를 장원으로 데리고 가는 일도 큰일이네요."

第三章
의중(意中)

그렇게 십삼매의 의중을 궁금해하는 것이 상념의 한 가닥이었다. 하지만 아무리 생각해 보아도 그녀의 지시가 무슨 의미인지 도저히 감을 잡지 못했다.

'하기야 총계주(總契主)의 뜻을 어찌 내가 이해하겠나? 그 정도도 머리가 돌아갔다면 십삼매 대신 내가 계주를 하고 있겠지.'

고 노대는 고개를 휘휘 저은 다음 다른 상념의 끈을 붙잡았다.

1. 인피면구

그는 제 이름보다 고(高) 노대(老大)라고 불리는 데 더 익숙했다.

그를 아는 사람은 누구나 그렇게 불렀다. 고 노대.

고 노대가 정신을 차렸을 때 사방은 컴컴했고 몸은 움직일 수가 없었다.

그가 혼절한 동안 누군가가 의자에 앉힌 채로 묶어 놓은 모양이었다.

고 노대는 문득 인상을 찌푸리며 한숨처럼 신음을 흘렸다.

'어이구…….'

뒤통수에 주먹만 한 혹이 났을 것이다.

그놈의 계집, 생긴 것과는 전혀 달리 독살스럽기가 나찰 같았다.

거기까지 생각이 미치자 고 노대의 표정이 달라졌다. 뒤늦게 자신의 처지를 떠올린 것이다.

'자하 아가씨를 뒤쫓다가 그 계집에게 발각되고 한바탕 싸웠지? 그리고 뒤통수를 얻어맞고 쓰러졌으니… 그럼 이곳은 자하 아가씨의 장원이겠군.'

일이 커졌다.

혹시라도 자하가 그를 알아보는 날에는 십삼매가 준비한 모든 것들이 전부 틀어질 수도 있었다.

차라리 자결을 하는 게…….

그는 혀를 깨물려고 했다.

하지만 온몸은 물론 혀와 입조차도 움직일 수가 없었다. 마혈과 아혈 모두 제압당한 모양이었다. 그러고 보니 아까 신음을 흘렸을 때, 입 밖으로 소리가 새어나오지 않은 것도 그 때문이었나 보다.

어떡한다?

앞으로 무슨 일이 벌어질지는 겪어보지 않아도 뻔했다. 누군가 이 공간 안으로 들어와서 몇 마디 협박을 하고는 고

문을 시작할 게다.

그 고문 끝에 고 노대로부터 무언가를 얻어내든 혹은 얻어내지 못하든 상관없이 놈들은 그를 죽일 테고.

고문은 버틸 자신이 있었다. 단 한마디도 하지 않을 각오도 되어 있었다.

문제는 그 과정 중에 혹시 자하가 그를 알아보느냐 하는 거다.

'설마 고문하는 동안에 그녀가 동행할 리는 없을 것이다.'

고 노대는 그렇게 중얼거렸다.

지난 한 달 가까이 지켜보았지만 저 담우천이라는 자는 자하를 끔찍하게 아끼고 위했다.

그러니 피가 튀고 살점이 떨어져나가는 고문 현장을 그녀에게 보여줄 리가 없었다.

그때였다.

'헉!'

고 노대는 저도 모르게 깜짝 놀라 헛바람을 들이켜야만 했다.

"깨어났나 보군."

오직 자신뿐이라고 생각했던 어두운 공간 안에서 사내의 목소리가 들려왔던 것이다.

아무리 갓 정신을 차려 주변 인지(認知)의 능력이 평소에
못 미친다 하더라도, 바로 코앞에 누군가 앉아 있는 것을
알아차리지 못할 정도로 형편없는 실력을 지닌 고 노대가
아니었다.

만약 그 정도였다면 어찌 십삼매가 그에게 자하와 담우
천의 동태를 살피라면 지시를 내렸겠는가.

화르륵.

소리와 함께 불이 밝혀졌다.

고 노대는 저도 모르게 질끈 눈을 감아야 했다. 겨우 화
등잔에 불과했지만 고 노대의 입장에서는 바로 눈앞에서
번개가 작렬하는 느낌이었다.

화등잔을 내려놓으며 사내가 말했다.

"세 가지만 묻겠다."

고 노대는 천천히 눈을 떴다. 손을 뻗으면 닿을 듯한 거
리에 한 사내가 앉아 있었다.

담우천이었다.

담우천은 노 노대의 얼굴을 똑바로 바라보며 말했다.

"긴 말하지 않겠다. 제대로 대답하면 목숨을 살려줄 것이
고 그렇지 않으면 지옥에 보내주마."

고 노대는 피식 웃었다.

그것 봐라. 협박부터 시작하지 않느냐.

내 예상대로다. 목숨을 살려줘? 세상에 그런 착한 놈이 어디 있더냐? 내가 대답을 해도 죽일 것이고 대답을 하지 않아도 죽일 게 분명하다.

그러니 대답하지 않는 게 이익인 셈이다.

담우천은 고 노대의 얼굴에 떠오른 표정으로 그가 무슨 생각을 하는지 알아차렸다.

"나는 약속을 반드시 지킨다."

담우천이 다시 말했지만 고 노대의 표정은 전혀 달라지지 않았다. 담우천은 그의 얼굴을 잠시 들여다보다가 무슨 생각을 했는지 고개를 끄덕이며 중얼거렸다.

"그렇군. 제갈가에서 보낸 자는 아닌 듯하군."

일순 고 노대의 얼굴이 살짝 실룩거렸다.

'그걸 어떻게?'

만약 고문에 지치게 되면, 그래서 어쩔 수 없이 입을 열 수밖에 없는 상황에 이르게 되면 고 노대는 그때 이렇게 말하려고 생각했다.

"제갈가에서 보냈소."

하지만 담우천은 미리 그 거짓말을 차단하고 있었다. 도대체 어떻게?

담우천이 다시 말했다.

"염요에게 잡힌 걸 보면 동태를 살피고 염탐하는데 일가
견이 있을 뿐, 무공은 그리 뛰어난 편은 아니겠지. 거기에
내가 약속을 반드시 지킨다는 사실도 모르는 걸 보면 확실
히 제갈가와는 관련이 없는 자겠지."

담우천은 잠시 사이를 두었다가 말을 이어나갔다.

"무엇보다… 제갈가에서 보낸 자가 아니라고 말했을 때
의 네 표정을 보고 확신할 수 있었다."

이런.

'거짓말에 놀아난 건가?

고 노대의 볼이 실룩거렸다.

그는 담우천의 '약속을 지킨다, 뭐다' 하는 이야기는
그저 자신을 헷갈리게 하기 위해 하는 소리라고 일축했
다.

'어쨌든 이 담우천이라는 자, 심기가 무척 뛰어나고 교
활한 자다. 앞으로 어떤 표정의 변화도 보이지 않아야 한
다.'

고 노대는 눈을 감았다.

더 이상 담우천에게 휘둘리지 않겠다는 결의를 보여주는
것이다.

담우천은 한숨을 내쉬었다.

"왜 사람들은 내 말을 믿지 않는지 모르겠다."

그는 조용히 중얼거리며 손을 뻗었다.

으윽!

고 노대는 저도 모르게 몸을 움찔거렸다.

견딜 수 없는 통증이 손가락 끝에서 팔뚝을 타고 머릿속까지 파고들었다. 손가락 하나가 부러진 것 치고는 상당한 고통이었다.

"그냥 부러뜨리는 게 아니다. 신경을 건드려서 통증을 배가시키는 거지. 고문에 관한 한 나보다 더 뛰어난 자는 없다고 장담할 수 있다."

담우천은 무심하게 말하며 고 노대의 부러진 손가락을 다시 건드렸다.

아악!

이번에도 참을 수 없는 고통이 고 노대의 전신을 휘감았다. 뼈가 부러져도 신경이나 근육은 이어져 있는 법, 담우천은 부러뜨린 뼛조각으로 신경을 건드려서 더욱 고통스럽게 만들고 있었다.

담우천은 더 이상 질문을 던지지 않았다. 아예 입을 열지도 않았다.

손가락 하나, 발가락 하나. 부러뜨릴 건 널리고 널렸다. 그는 고 노대와 인내의 싸움을 시작한 것이다. 고통을 참을 수 있느냐, 고문을 포기하느냐의 싸움.

고요하고 적막한 공간.

아무런 소리도 들리지 않는 가운데 가끔씩 우두둑 거리는 소리만이 허공을 맴돌았다.

고 노대가 발작적으로 달달달 몸을 떠는 소리만이 지면 위에 떠돌았다.

열 개의 손가락, 열 개의 발가락이 모두 부러지고 손목과 발목도 부러졌다.

고 노대는 눈물을 흘리고 있었다. 견딜 수 없는 통증이, 짐작할 수 없는 순간에 그의 몸을 관통했다.

아니, 고통은 차라리 참을 수가 있었다.

하지만 아무리 버티려고 해도 언제 고통이 들이닥칠지 모르는, 아무것도 할 수 없는 상태에서 오직 그 순간만을 기다리고 있어야 하는 두려움과 공포가 고 노대의 심장을 옭죄고 있었다.

담우천의 손이 천천히 고 노대의 입을 벌렸다. 고 노대의 몸이 부들부들 떨렸다.

이제 이를 빼려는 것이리라. 신경이 살아 있는 상태에서 마구 입 안을 헤집을 것이다.

그 생각만으로 고 노대는 저도 모르게 오줌을 지렸다. 심장이 그대로 멈춰 버릴 것만 같았다.

그는 눈을 떴다. 그리고 담우천을 향해 연거푸 눈을 깜빡거렸다. 항복의 표시였다. 원하는 대로 모든 걸 하겠다는 의미였다.

그러나 담우천은 손길을 멈추지 않았다. 그는 고 노대의 입술과 혀를 만지작거리다가 오래간만에 입을 열었다.

"호오."

담우천의 눈빛이 희미하게 흔들렸다.

"꽤나 정교하게 만들어진 인피면구로군그래. 나도 미처 알아차리지 못할 정도로."

담우천은 고 노대의 얼굴을 만지작거리다가 목 근처에서부터 얼굴의 피부를 천천히 뜯어냈다.

투투툭!

기묘한 소리와 함께 고 노대의 얼굴이 뜯겨 나갔다.

주름살투성이의 늙은 얼굴 대신 중년의 얼굴이 새롭게 나타났다.

고 노대는 연신 눈물을 흘리면서 두 눈을 깜빡거렸다. 제발 고문을 그만두라는, 모든 걸 다 자백하겠다는 표정이 그의 새로운 얼굴 위에 가득 떠올랐다.

그러나 담우천은 여전히 손을 놀렸다.

인피면구를 뜯어낸 그는 다시 손가락으로 고 노대의 두 개의 이를 빼낸 다음 잇몸의 신경을 마구 헤집었다. 고 노대의 바지가 흥건하게 젖고 똥을 지릴 때까지 고통을 준 연후에야 비로소 담우천은 그의 아혈을 풀어주었다.

"아아아악!"

비명이었다, 자유가 된 고 노대의 입에서 맨 처음 튀어나온 것은.

그는 눈물을 쏟아내며 비명을 내질렀다.

나름대로 결의도 각오도 한 상태였다. 하지만 담우천의 고문은 견딜 수가 없었다.

담우천은 사람의 약한 곳, 더욱 고통스러운 곳을 절묘하게 헤집고 파고드는 기술을 지녔다. 그 집요한 공격에 고 노대는 철저하게 항복하고 말았다.

"무, 무슨 질문이든 대답하겠습니다."

고 노대는 눈물을 뚝뚝 흘리면서 어눌한 어조로 말했다.

"그, 그 대신 물을 한 잔……."

그는 애원하는 눈빛으로 담우천을 바라보았다. 담우천은 고 노대의 피가 흐르는 입가를 잠시 바라보다가 고개를 끄덕였다.

"제대로 대답하면 한 모금 마시게 해주마."

"부, 부탁합니다. 어, 얼른 질문을……."

담우천은 차분하게 물었다.

"네 이름은?"

고 노대는 체념한 듯 순순히 입을 열었다.

"고, 고 노대, 원래 이름은 고명달(高明達)입니다."

"좋아, 사실인 것 같군."

담우천은 몸을 돌려 옆의 탁자에 놓인 찻주전자를 집어들며 말했다.

"상이다. 물을 주마."

2. 고 노대의 얼굴

"아아아악!"

마치 멱을 따는 듯한 비명 소리가 문 밖으로까지 크게 들려왔다.

그 처절한 비명을 듣고서도 나찰염요나 만월망량은 담담한 표정이었지만, 자하는 그렇지 못했다. 그녀는 눈을 감고 귀를 막으며 고통스러운 표정을 지었다.

나찰염요가 부드럽게 말했다.

"그러니까 들어가라고 했잖아요, 언니."

"아니야."

자하는 고개를 저었다.

"저자가 누구인지, 무슨 이유로 우리의 뒤를 밟았는지 나도 들어야 해."

"우리가 알려드리겠습니다."

만월망량의 말에 자하는 다시 한 번 고개를 흔들었다.

"괜찮아요. 여기 있을 게요."

만월망량과 나찰염요는 서로를 돌아보았다. 이 아름다운 여인에게 이러한 고집이 있을 줄은 전혀 몰랐다는 표정들이었다.

소화는 담창과 담호가 이 소동을 눈치채지 못하도록 아이들과 함께 본채에 머물러 있었고, 지금 이들은 별채, 그러니까 한 때 호지민을 가둬두었던 그 지하창고 앞에 서 있었다.

다행이도 단말마의 비명 소리는 더 이상 들려오지 않았다. 놈이 죽은 것일까. 아니면 고문에 굴복하고 순순히 입을 여는 중일까.

사람들은 담우천이 문을 열고 나오기만을 초조하게 기다렸다.

어느 정도의 시간이 흘렀을까.

삐거덕거리는 소리와 함께 문이 열렸다. 담우천이 무심한 표정을 지은 채 밖으로 나왔다.

만월망량이 빠르게 물었다.

"어떻게 되었습니까?"

담우천은 짧게 한숨을 쉬고는 고개를 설레설레 흔들었다.

"지독한 놈이다."

실패했다는 뜻인가.

만월망량의 눈이 휘둥그레졌다.

그 또한 담우천의 고문 솜씨가 어느 정도인지 잘 알고 있었다.

과거 정사대전 당시 담우천의 손에 걸리면 그 어떤 자라 하더라도 입을 열지 않는 자가 없었다.

그런데 저 볼품없는 중늙은이가 담우천의 고문을 끝까지 견뎠다니, 실로 믿을 수가 없는 일이었다.

만월망량이 재차 물었다.

"어찌 된 겁니까?"

담우천은 여전히 무심한 얼굴로 말했다.

"내 실수였다. 물을 주기 위해서 몸을 돌리는 순간 놈이 혀를 깨물고 자결했다. 워낙 순식간에 벌어진 일이라 막을 수가 없었다."

만월망량의 눈이 다시 커졌다. 나찰염요도 묘한 눈빛으로 담우천을 바라보았다.

'물을 주려고 했다?'

고문 도중에 그런 선심을 베풀려고 했다니, 과거의 담우천이라면 결코 있을 수 없는 일이었다.

'역시… 대장도 변했구나.'

사랑하는 사람들과 십여 년을 함께 사는 동안, 얼음처럼 차갑고 냉정했던 담우천의 마음이 천천히 변화한 것이다. 알게 모르게, 아주 느릿하게 진행되어서 담우천 자신조차 알아차리지 못할 정도의 미세한 변화.

"하지만 성과는 있다."

담우천은 담담하게 말했다.

"놈의 이름은 고명달, 고 노대라고 불린다. 또한 제갈가의 사람은 아니고… 인피면구로 제 정체를 감추고 있었다."

"인피면구?"

이번에는 나찰염요가 놀라 말했다.

"전혀 눈치채지 못했어요."

"나 역시."

담우천이 고개를 끄덕이며 말했다.

"그의 얼굴을 만지기 전까지는 그 어떤 부자연스러움도 느끼지 못할 정도로 정교한 인피면구였다."

그는 손을 내밀었다. 고 노대의 얼굴에서 뜯어낸 인피면구가 그 손에 들려 있었다.

"이만한 품질의 인피면구는 아무나 쉽게 만들지 못한다. 최소한 사천의 당문(唐門) 정도가 되어야 만들 수 있는 물건이지."

휘익—!

만월망량이 휘파람을 불었다.

최소한 사천당문이라니.

*　　　　*　　　　*

무림 역사를 통틀어 가장 존경을 받는 곳을 치자면 역시 소림과 무당을 들 것이다. 무림의 태산북두라고 알려진 두 문파. 무학의 종정(宗正)이자 검공(劍功)의 뿌리라고 인정받는 곳이 바로 소림이며 또한 무당이었다.

반면 무림 역사를 통틀어 가장 두려움을 주는 문파를 대라면 그 어떤 이라 하더라도 사천당문을 떠올릴 것이다.

불과 천 명도 되지 않은 소수 정예의 일가(一家). 세상에서 가장 치명적인 독을 다루며 제일 치밀한 암기를 만들어내는 곳.

독으로 치자면 만독묘(萬毒墓), 묘강오독문(苗疆五毒門)과 더불어 천하삼대독가(天下三大毒家)로 불리며 해독, 해약으로 치자면 성수신의일문(聖手神醫一門)과 함께 이대약문(二大藥門)으로 인정받으며 암기로 치자면 남궁세가 등 함께 무림삼대기종(武林三大機宗)으로 추앙받는 곳.

그게 바로 사천당문이었다.

그런데 지금 최소한 사천당문 정도는 되어야 만들 수 있는 인피면구라고 했으니, 그 인피면구의 정교함과 뛰어남은 과연 어느 정도일까.

"하지만 사천의 당문이 인피면구를 만든다는 소리는 들어본 적이 없습니다."

잠시 놀랐던 만월망량이 곧 정신을 차리고 말했다. 담우천은 고개를 끄덕였다.

"물론 그렇지. 하지만 그들의 기술력이라면 언제든지 만들어낼 수 있다. 아무래도 만들지 않는 것과 만들지 못하는 것의 차이는 크니까……."

"지금 그 말씀은 사천당문이 세상에 알리지 않은 채 인피면구를 제작하고 있다는 뜻인가요?"

나찰염요의 질문에 담우천은 고개를 저었다.

"그럴 지도 모른다는 거다. 그들처럼 폐쇄적인 곳에서 무슨 일이 벌어지고 있는지 어느 누가 알겠느냐?"

"하지만……."

나찰염요는 뭔가 말을 하려다가 곧 입을 다물었다.

확실히 세상에는 그들이 알지 못하는 비밀들이 너무나도 많으니까.

사천당문에서 인피면구를 제작하고 있다 하더라도 그게 불가능한 일은 아니니까.

만들지 못하는 것과 만들 수 있다는 차이는 크다는 담우천의 말은 바로 그런 의미였던 것이다.

그들이 대화를 나누고 있는 동안 자하는 열린 문 사이로 창고 안을 들여다보았다.

저자거리에서 그녀의 뒤를 쫓던 자는 지금 의자에 앉은 채 고개를 숙이고 있었다. 아직도 짙은 핏물이 그의 가슴을 타고 흘러내렸다.

자하는 저도 모르게 창고 안으로 들어섰다. 그녀는 조심스럽게 그의 앞으로 걸어갔다.

'고 노대⋯⋯.'

그 이름을 들었을 때부터 자하의 가슴은 두근거리고 있었다.

설마 하는 생각이 그녀의 뇌리를 가득 메웠다.

그녀는 죽은 고 노대의 앞에 잠시 멈춰 섰다. 호흡을 가다듬으며 마음을 가라앉힌 그녀는 손을 뻗어 고 노대의 고개를 들었다.

중년 사내의 얼굴.

그 얼굴, 오른쪽 뺨에 난 짙은 반점을 본 순간 자하는 비틀거렸다.

그녀의 아름다운 얼굴이 일그러졌다.

밖에서 대화를 나누고 있던 담우천이 고개를 돌렸다. 자하가 비틀거리는 걸 본 그는 한달음에 달려와 그녀를 부축했다.

자하는 길게 한숨을 내쉬었다.

"무슨 일이지?"

담우천이 물었다.

"아무것도 아니에요."

그녀는 눈을 감은 채 낮은 목소리로 대답했다.

"그저 이 사람의 모습이 너무나도 처참해서……."

담우천은 힐끗 시선을 돌렸다.

잘려나간 혓바닥이 바닥에 떨어져 있었다. 손가락과 발가락들이 아무렇게나 방향을 바꿔 휘어져 있었다. 누런 이 두 개가 바닥의 핏물 속에 잠겨 있었다.

확실히 평범한 사람이 보면 충격을 받을 만한 장면이었다.

담우천은 그녀를 부축하여 그곳을 빠져나가며 말을 건넸다.

"그러니 함부로 들어오지 말았어야지."

"죄송해요."

그녀는 힘없이 말했다.

"혹시 제가 아는 사람일까 해서……."

"아는 사람이었나?"

"아뇨, 처음 보는 얼굴이었어요."

담우천은 자하의 얼굴을 내려다보았다. 핏기가 사라져서 창백한 얼굴. 놀람과 충격에 빠져 혼돈으로 가득 찬 표정.

"많이 놀란 모양이군."

담우천은 고개를 끄덕이며 말했다.

"가서 좀 쉬어야겠다."

3. 반년

고 노대의 시체는 장원의 뒷마당 나무 밑에 묻혔다.

다음 날 새벽, 여섯 마리가 끄는 한 대의 마차와 두 대의 수레는 장원을 떠나 서쪽 무한으로 향했다. 그 기이한 행렬은 사람들의 이목을 끌기에 충분했다.

그리고 시간이 흘러 아침나절, 몇 명의 사람들이 다시 장원을 빠져나왔다.

그들의 움직임은 영활하고 민첩하여서 주변 사람들이 아무도 알아차리지 못했다.

그들은 은밀하게 움직여 남쪽으로 향했고, 가끔씩 방향

을 틀면서 혹시나 있을지 모르는 추격자들의 미행을 따돌리고자 했다.

닷새 후 그들이 안강 마을에 도착하여, 기다리고 있던 무투광자와 이매청풍과 합류했다.

그제야 비로소 그들은 안도의 한숨을 내쉴 수가 있었다.

한편 장원을 떠나 곧장 무한으로 향하던 마차는 어느 순간엔가부터 마차를 모는 주인을 잃고 아무렇게나 질주하기 시작했다.

무한 성문을 지키던 관병들이 창을 휘둘러 말들을 죽이고 나서야 마차는 겨우 멈췄는데, 마차와 수레 안에는 흙과 돌, 쓰레기들을 넣은 짐들로 한가득이었다.

관병들은 어느 못된 놈이 이런 장난을 했는지 철저하게 조사해야 한다며 분통을 터뜨렸지만 불과 사흘도 지나지 않아 그 소동은 사람들 기억에서 사라졌다.

무한 성문이 보일 때까지 마차를 몰던 담우천은 주변에 아무도 없음을 확인하고는 곧장 마차에서 뛰어내렸다. 그리고는 다시 동쪽으로 이동, 장원을 은밀하게 빠져나간 자하 일행들의 뒤를 밟으며 또 다른 추격자들이 있는지 철저하게 감시했다.

다행이도 추격자들은 보이지 않았다. 고 노대의 죽음이

아직 그들 조직에게 알려지지 않은 모양이었다.

담우천은 곧장 안강으로 향했고 자하 일행이 무투광자와 해후한 지 한 식경 후, 그들과 만날 수가 있었다.

무투광자가 구한 은신처는 마을에서 백여 리 떨어진, 안강산 기슭의 조그만 모옥(茅屋)들이었다. 원래는 화전민들이 살아가던 곳이었는데 지금은 모두 떠나 흉가(凶家)처럼 남아 있던 집들이었다.

무투광자와 이매청풍은 담우천 일행이 올 때까지 그 흉가들을 개조하고 고쳐서 제법 사람이 살 만한 곳으로 만들어 두었다.

"괜찮군."

담우천은 주위를 둘러보며 고개를 끄덕였다.

세 채의 모옥 뒤쪽으로는 벼랑이 있었고 앞으로는 산 아래가 훤히 내려다보이는 기슭이 있었다.

오른쪽으로는 개울이 흐르고, 모옥 앞으로는 제법 넓은 공터도 있었는데 이매청풍이 마을에서 사온 오리와 닭들이 공터를 뛰놀고 있었다.

"강아지도 한 마리 키울 생각입니다."

이매청풍이 자랑스럽게 하는 말을 들으면서 담우천은 문득 변방의 옛집이 떠올랐다. 날씨와 주변 풍광은 전혀 달랐지만 그래도 왠지 그 집이 연상되는 모옥이었다.

아이들도 그러한 모양이었다. 그들은 닭을 잡으려고 공터를 뛰어다니며 깔깔거렸다. 자하도 만족한 얼굴이었다.

"여기서 평생 살아도 좋을 것 같아요."

닷새 전의 충격에서 회복한 듯 그녀의 얼굴에는 평소의 그 자상하고 부드러운 미소가 스며 있었다.

"석 달이면 적당하지."

담우천이 말했다.

"석 달이요?"

자하가 되묻자 담우천은 고개를 끄덕이며 말했다.

"석 달이라면 사천에 갔다가 되돌아올 수 있을 거야."

자하가 활짝 웃었다.

"구 의생이라는 분에게 치료받기로 마음먹으셨군요."

"그래, 아무래도 손이 빨리 나아야 할 것 같아서."

그래야 너를 더 안전하게 지켜줄 수 있겠지.

"잘 생각하셨습니다."

무투광자가 끼어들었다.

"안 그래도 만년설삼을 찾느라 고생 좀 했는데 그게 헛되지 않아서 다행입니다."

그가 지난 십여 년 동안 쌓아둔 상인의 인맥을 모두 동원하여 겨우 힘들게 한 뿌리 구한 만년설삼.

담우천은 그 가격이 얼마인지, 어떻게 구했는지 묻지 않았다. 그저 무심한 눈빛으로 무투광자를 바라보며 이렇게 말했을 뿐이다.

　"그래, 네가 준비해 둘 줄 알았다."

　"뭐 이 정도는 해야죠."

　무투광자는 쑥스럽다는 듯이 헛기침을 하며 돌아섰다.

　자하는 부드러운 미소를 머금은 채 그 두 사람을 지켜보다가 문득 우울한 표정을 지었다.

　하지만 담우천이 돌아보기도 전에 그녀는 활짝 웃으며 서둘렀다.

　"그럼 나는 새 집에서 먹는 첫 식사를 준비해야겠네."

　담우천은 그녀가 주방을 향해 부랴부랴 걸어가는 뒷모습을 물끄러미 지켜보았다.

　새로운 은신처에 보금자리를 편 지 사흘이 지났다.

　아이들은 빠르게 이곳 생활에 적응했다. 이제 담우천이 그들 곁을 잠시 떠나겠다고 이야기해도 아이들은 울거나 당황해하지 않았다.

　그동안 성장한 것일까. 아니면 엄마와 사부들이 곁에 있어서일까. 그것도 아니라면 아빠의 약속은 더 이상 신뢰하지 않겠다고 결심한 걸까.

"다녀오세요."

담호는 어른스럽게 말했다.

담우천은 그런 담호의 모습에 조금 서운한 감정이 들었다.

하지만 그에게는 왜 서운한 느낌이 들었는지 깊이 생각할 겨를이 없었다.

서둘러야 했다. 또 다른 누군가가 이곳을 찾아오기 전에, 치료를 마치고 돌아와야 했다.

"어른들 말씀 잘 듣고."

그는 담호의 머리를 쓰다듬으려 내민 손을 거두어들였다.

그리고 몸을 돌려 무투광자와 나찰염요들을 바라보며 말했다.

"아내와 아이들을 부탁하네."

"걱정하지 말고 손이나 제대로 치료하고 와요."

사람들의 말에 담우천은 고개를 끄덕였다. 그리고는 자하를 돌아보았다.

"너무 무리하지 마."

자하는 언제나처럼 부드럽게 웃어주었다. 그녀는 담우천의 모습이 보이지 않을 때까지 공터 앞에서 손을 흔들어 주었다.

그렇게 사람들과 작별 인사를 나눈 담우천은 곧바로 안 강산을 내려갔다.

그의 목적지는 사천의 성도부. 그곳에서 구 의생이라는 자를 찾아 손을 치료하는 게 목표. 거기에 시간이 조금 남으면 사천당문에 들려 인피면구에 대한 것까지 알아보는 것.

'석 달이면 충분할 거다.'

산에서 내려온 담우천은 사천 땅을 향해 경공술을 펼치기 시작했다. 그의 신형이 눈 깜짝할 사이에 흙먼지를 일으키며 멀어져갔다.

4. 며칠 전의 이야기

"말씀하신대로 이야기해 두었습니다."

늙은 의생 기효의는 손바닥을 비비며 헤헤 웃었다.

"사천 성도부에 가면 구 의생이라고 있는데 약왕문의 후예라는 소문이 있을 정도로 실력이 뛰어나다고 했습니다. 그러니 분명 그리로 찾아갈 겁니다."

그의 앞에는 중늙은이가 앉아 있었는데 뭔가 깊은 생각에 잠긴 듯 보였다. 기효의는 안절부절 못한 채 다박사(茶博士:찻집 종업원)가 가져다 준 차만 들이켰다.

'시킨 대로 했으니 이제 돈을 달란 말이다!'

성질 같아서는 그렇게 닦달하고 싶었지만 저 초라해 보이는 중늙은이는 그쪽 세계에서는 알아주는 실력자였다. 언뜻 듣기로는 황계와 상당한 관련이 있다고 했다.

이윽고 중늙은이가 입을 열었다.

"이사를 준비하는 것 같다고?"

기효의가 연신 고개를 끄덕였다.

"네, 마차와 수레를 준비하더군요. 쉰네가 치료를 하는 도중에도 다른 사람들이 짐을 꾸리는 것 같았습니다."

"흠. 그렇다면……."

중늙은이, 고 노대는 손가락으로 탁자를 툭툭 치며 다시 상념에 잠겼다.

다박사가 다가와 식은 차를 버리고 새로 차를 따라주었다. 기효의가 신경질적으로 말했다.

"말린 과일 좀 더 가져오게."

다박사는 싱글거리며 말했다.

"방금 드신 것보다 더 좋은 품질의 말린 과일이 있습니다. 가격은 좀 비싸지만……."

"상관없네. 내 앞으로 달아놓고."

"알겠습니다."

다박사가 물러났다. 그때, '아, 참' 하면서 고 노대가 기효의를 바라보았다.

"수고하셨네."

고 노대는 품에서 금원보 하나를 꺼내 건넸다.

"약속대로 황금 열 냥이네."

기효의의 입이 찢어졌다.

그는 다른 손님들이 볼까 봐 황급히 금원보를 소매 춤에 넣으며 고개를 숙였다.

"감사합니다. 또 다른 일이 생기면 언제든지……."

"물러가시게."

고 노대가 손을 저었다.

기효의는 다시 한 번 고개를 숙이고는 자리에서 일어났다. 마침 다박사가 마른 과일이 담긴 그릇을 가지고 오다가 그와 마주쳤다.

"취소야, 취소."

기효의는 고개를 저었다.

"너무 늦게 가져왔잖아?"

다박사가 어이없어할 때, 기효의는 재빨리 다관(茶館)을 빠져나갔다.

한편 홀로 남은 고 노대는 다시 깊은 생각에 잠겼다. 그의 상념은 여러 갈래로 뻗어나갔다.

'십삼매 뜻대로 구 의생 이야기는 전했는데… 도대체 무

슨 생각을 하는 걸까?'

그렇게 십삼매의 의중을 궁금해하는 것이 상념의 한 가
닥이었다. 하지만 아무리 생각해 보아도 그녀의 지시가 무
슨 의미인지 도저히 감을 잡지 못했다.

'하기야 총계주(總契主)의 뜻을 어찌 내가 이해하겠나?
그 정도도 머리가 돌아갔다면 십삼매 대신 내가 계주를 하
고 있겠지.'

고 노대는 고개를 휘휘 저은 다음 다른 상념의 끈을 붙잡
았다.

'흠, 이사 준비를 한다고 했지만 장원을 떠난 사람이 한
명도 없다. 그것은 새로 이사할 곳을 아직 정하지 않았을
거라는 뜻. 그러니 곧 누군가 새로운 은신처를 찾기 위해
장원을 떠날 것이다.'

그렇다면 그 누군가에게 추격자를 붙여둬야겠지. 원래
감시라는 게 이중삼중으로 쳐져 있을수록 더 효과적이니
까.

'그럼 누구를 시켜 미행하라고 할까?'

상대는 절정의 고수들. 아무에게나 미행을 지시했다가는
얼마 가지 못해서 눈치챌 게 뻔했다. 적어도 고 노대 자신
정도의 미행술을 가진 자가 필요했다.

'무한 지부에 연락해서 미행의 고수를 불러와야겠군.'

고 노대는 고개를 끄덕였다.

대충 생각이 정리되었다. 이제 남은 건 십삼매에게 보고서를 보내는 것뿐이었다.

第四章
중경(重慶)

맞는 말이었다.

귀수구절편은 공적십이마들 중에서도 말석(末席)을 차지하는 실력을 지니고 있었다. 사실 그는 무공보다는 그 잔악함과 치가 떨릴 정도로 악독한 행사로 인해 공적으로 낙인찍힌 인물이기도 했다.

용경생은 침착하게 웃으며 말했다.

"어쨌든 귀찮은 일은 싫소. 순순히 따라와 주신다면 약속컨대 목숨을 살려줄 것이오. 또 동료들, 야래향(夜來香)이나 빙혼마녀(氷魂魔女)들과 만나게 해드릴 수도 있소."

1. 다복객잔(多福客棧)

사천으로 갈수록 날씨는 점점 더 더워졌다.

가뜩이나 무더운 여름이라 길거리의 사람들 대부분이 웃통을 벗거나 배를 드러냈다.

사실 명문대가나 상류의 사람들이 아닌 일반 평민들은 늘 그런 옷차림으로 지내는 게 일상이라 누구 하나 눈살 찌푸리는 사람은 없었다.

여인네들도 가슴이 드러나도록 옷을 헐렁하게 입고 치마도 반쯤 올려서 입었다. 발만 보이지 않으면 창피한 게 아닌 시절이었다.

담우천은 강서성에서 호광성을 넘어 사천성의 중경(重慶)에 이르렀다. 중경에서 다시 서쪽으로 닷새 정도 가면 성도부가 나왔다. 불과 열흘 정도의 여정치고는 상당히 먼 길을 온 셈이었다.

그도 그럴 것이 낮이면 사람들이 오가지 않는 산을 질풍처럼 내달렸고 밤이면 한산해서 귀신이 나올 것만 같은 들판을 질주했던 여정이었다.

그렇게 쉬지 않고 경신술을 펼쳤던 까닭에 중경에 다다른 담우천은 잠시 휴식을 갖기로 했다.

중경.

쌍중희경(雙重喜慶:경사가 겹친다)이라는 의미에서 성시(城市)의 이름이 유래된 중경은 사천 분지의 동남부에 자리 잡고 있었다.

장강(長江)과 가릉강(嘉陵江)의 합류 지점인 중경의 옛 이름은 유주(兪州), 그리고 성도부와 중경을 합쳐 파촉(巴蜀)이라고 했다.

장강의 누런 물결과 가릉강의 녹색 물결이 합쳐지는 조천문(朝天門)을 통과하여 중경에 들어선 담우천은 제일 먼저 눈에 들어온 객잔으로 발길을 옮겼다.

중경은 평평한 대지 위에 세워진 성시가 아니었다. 지대

자체가 크게 굴곡이 진 땅에 건물들을 세워서, 정면에서 보면 삼층 객잔이지만 삼층 후면의 문을 열면 곧 바로 거리가 나오는 일층이 되는 식이었다.

성시 전체 곳곳이 언덕과 절벽으로 이뤄져 있어서 또 중경은 위의 거리에서 아래 거리로 연결되는 계단이 많은 곳이기도 했다.

다복객잔(多福客棧)이라는 이름의 삼층 객잔에 들어선 담우천은 방 하나와 씻을 물을 요구했다.

언덕배기에 건물을 세운 까닭에 다른 지역과 달리 별채라는 개념이 없는 이곳인지라, 점소이는 담우천을 삼층으로 안내했다.

방은 좁았지만 깔끔하게 청소가 되어 있었다. 침상에 앉아서 창을 여니 가릉강의 물결이 멀리 보였다.

잠시 후 두 명의 점소이가 조그만 나무통에 물을 받아 왔다.

담우천은 수건에 물을 묻혀 얼굴을 씻고 몸을 닦았다. 이후 아래층으로 내려가 식사까지 하자 여독(旅毒)이 갑자기 밀려오는 듯했다.

그는 다시 방으로 돌아와 곧바로 잠을 청했다. 한여름 오후의 기온이 방 안을 뜨겁게 달구는 가운데 담우천은 깊은 잠에 빠져들었다.

얼마나 잤을까.

담우천이 눈을 떴을 때는 늦은 저녁나절이었다. 하루를 꼬박 잔 것인지 아니면 불과 한두 시진도 채 못잔 것인지 알 수가 없었다.

그러나 몸이 가뿐하고 정신이 맑은 걸 보면 어쨌거나 숙면을 취한 건 분명했다.

담우천은 운기조식을 마치고 방에서 나와 일층으로 향했다.

제법 늦은 시간이었지만 일층 대청에는 아직도 많은 손님들이 앉아서 술과 요리를 즐기고 있었다.

술병을 나르던 점소이가 그를 보고는 알은척을 했다.

"내가 언제 왔지?"

담우천의 물음에 점소이는 이상한 질문이라는 표정을 지으며 대답했다.

"조금 전에 오시지 않으셨습니까?"

"그렇군."

불과 한두 시진밖에 자지 않은 것이다.

그럼에도 불구하고 체력이 회복되고 정신이 맑아진 건 그만큼 담우천의 심신이 예전보다 훨씬 건강해졌다는 걸 의미했다.

장원에서 약 보름 간 휴식을 취했던 게 많은 도움이 된 모양이었다.

"사천에 왔으니 회과육(回鍋肉)을 먹어봐야지."

"탁월하신 선택이십니다. 거기에 시원한 죽엽청(竹葉靑) 한 병 어떻겠습니까?"

담우천이 고개를 끄덕이자 점소이는 그를 구석진 자리로 안내했다.

담우천은 자리에 앉아 주위를 둘러보았다. 손님들은 대부분 건장한 사내들로 무기를 휴대하고 있었다. 그중 한 명이 담우천의 눈길을 사로잡았다.

꽤나 나이가 든, 백발의 노인이었음에도 불구하고 울퉁불퉁 튀어나온 근육질의 몸매는 단단한 바윗돌처럼 보였다. 가만히 앉아서 술을 마시는 모습이 마치 태산처럼 느껴지는 노인이었다.

결코 평범한 노인네가 아니었다.

그 노인을 바라보던 담우천은 문득 고개를 갸웃거렸다.

'어딘지 모르게 낯이 익은데……'

일반적으로 저런 외양의 노인이라면 단 한 번만 마주쳐도 평생 잊지 못할 것이다.

하지만 노인의 얼굴은 낯설었고, 또 강호라는 특수성을 생각해 본다면 저런 건장한 체구를 지닌 노인들도 적지 않았다. 저 바위 같은 체구는 단지 외공(外功)을 익힌 흔적에 불과했다.

　담우천이 그 노인을 힐끗거리는 동안 점소이가 회과육과 죽엽청 한 병을 가지고 돌아왔다.

　회과육은 원래 사천 땅 고유의 음식이었다. 제사를 지내고 남은 돼지고기를 어떻게 처리할까 고심하다가 태어난 요리로, 삶은 돼지고기를 다시 솥에 볶아낸 음식이었다.

　여러 가지 채소와 향료, 향채와 더불어 사천 특유의 화초(花椒:산초)로 마지막 맛과 향을 잡아내는 게 바로 회과육이었는데, 화초에 맛이 들리면 단 하루도 먹지 않으면 견딜 수 없을 정도로 중독된다고 한다.

　담우천은 죽엽청을 따라 마시면서 안주처럼 돼지고기를 집어 먹었다.

　사천의 매운 맛이 입안 가득 스며들었다. 그 매운 기를 달래기 위해 다시 술잔을 들었다.

　그게 몇 차례 반복이 되자 술 한 병은 금세 바닥이 났다. 담우천은 한 병의 죽엽청을 더 주문했다.

　목적지에 거의 다 왔다는 안도감 때문일까. 아니면 회과육의 중독성 있는 맛 때문일까. 술이 찻물처럼 담우천의 식도를 타고 내려갔다.

　그렇게 두 병의 죽엽청을 거의 다 비워갈 무렵이었다. 담우천은 술을 따르다가 살짝 멈칫거렸다. 하지만 그는 언제

그랬냐는 듯이 무심한 표정으로 다시 술을 따랐다.

그때였다.

"기다리다가 지쳤다."

건장한 노인이 탁자에 대접을 내려놓으며 말했다. 거의 동시에 객잔 입구에 쳐진 주렴이 찰랑거리면서 한 중년 사내가 안으로 들어섰다.

눈처럼 새하얀 백의(白衣)를 단정하게 입은 자였다. 그는 형형하면서도 침착한 눈빛과 단호하면서도 부드러워 보이는 미소를 지니고 있었다.

"죄송하오, 조금 늦었소."

중년인은 건장한 노인을 향해 정중하게 손을 모으며 말했다. 대화만 보자면 약속을 잡고 서로 만나기로 한 지인(知人)들처럼 보였다.

하지만 다음 순간 중년인은 대청을 둘러보며 이렇게 말했다.

"이 일과 상관없는 분들은 모두 나가주시기 바라오. 지금 껏 먹고 마신 식대는 본인이 계산하겠소."

대청을 가득 메운 손님들 중 몇몇 이들이 어리둥절한 표정을 지으며 중년인을 쳐다보았다.

그때 다른 자리에 앉아 있던 사내들이 일제히 무기를 탁자 위에 올려놓았다. 그제야 비로소 분위기가 심상치 않게 돌아간다는 걸 눈치챈 사람들은 허둥지둥 자리에서 일어나 객잔을 빠져나갔다.

백의 중년인은 사람들이 제 옆을 스치고 밖으로 달려 나가는 모습을 지켜보다가 문득 담우천을 바라보았다. 담우천은 여전히 무심한 모습으로 술잔을 기울이고 있었다. 백의 중년인은 잠시 그 모습을 지켜보다가 불쑥 말했다.

"괜한 객기를 부려 앉아 있다가 다치거나 죽게 될 수도 있소. 그때 가서 후회하지 말고 어서들 나가시오."

하지만 담우천은 여전히 자리에 앉아 있었다.

지금 대청에는 건장한 노인과 무기를 휴대한 이십여 명의 사내들, 그리고 담우천이 전부였다. 일반 사람으로 보이는 자들은 전혀 없었다. 심지어 점소이들과 지배인의 모습도 보이지 않았다.

담우천을 주시하던 백의 중년인은 도리가 없다는 듯이 고개를 끄덕였다.

"죽어도 원망은 하지 말기를."

그리고는 천천히 건장한 노인 앞으로 다가갔다. 노인은 그러거나 말거나 호쾌한 동작으로 대접에 술을 따라 들이켰다. 그의 목젖이 크게 꿈틀거렸다.

백의 중년인은 노인과 다섯 걸음 정도 떨어진 거리까지 다가와 걸음을 멈추고는 그가 술을 다 마시기를 기다려 입을 열었다.

"주변 백여 리가 모두 봉쇄되어 있소. 그러니 일을 크게
만들지 말고 순순히 항복하시오."

노인은 피식 웃을 뿐, 아무런 말을 하지 않았다. 백의 중
년인이 다시 말했다.

"아무리 귀하가 공적십이마, 아니 공적오마(公賊五魔) 중
한 명인 철혈권마(鐵血拳魔)라 하더라도 태극감찰밀(太極監
察密)의 천라지망은 벗어날 수 없을 것이오."

일순 구석진 자리에 앉아 있던 담우천은 제 귀를 의심해
야만 했다.

'철혈권마!'

2. 철혈권마(鐵血拳魔)

이십 년 넘게 지속되었던 정사대전이 정파의 승리로 막
을 내린 지도 벌써 십여 년이 흘렀다.

이후 공적십이마로 대표되는 사마외도의 거물들은 지하
로 숨거나 혹은 새외 변방을 떠돌거나 혹은 암중행(暗中行)
을 하면서 뿔뿔이 흩어진 세력을 모으는 등, 천번지복(天飜
地覆)을 위해 활동했다.

반면 태극천맹으로 대표되는 정파는 발본색원의 기치 아

래 거물들의 뒤를 집요하게 쫓았다.

그 결과 지난 십여 년 동안 제법 많은 수의 사마외도를 잡거나 혹은 주살했으며 공적십이마 중에서도 몇 명을 사로잡거나 죽이는데 성공했다.

하지만 아직까지 그 생사를 확인하지 못한 다섯 명의 거마(巨魔)들이 있었으니, 정파 사람들은 그 다섯 명을 가리켜 공적오마라 불렀다.

그중 철혈권마는 공적십이마 중에서 아홉 번째로 영향력이 있다는 평가를 받았던, 하지만 그 무공 수위 면에서 치자면 다섯 손가락 안에 든다는 권격술의 달인이자 외공의 절대 고수였다.

그는 예순 살이 넘도록 문회방파를 세우지 않고 강호를 독행(獨行)하며 무공의 수련에 평생을 바친 인물이기도 했다.

사실 그런 점에서만 따지자면 정파 무림인들과 별 다를 바가 없었으나, 손을 쓰는 데 한 점의 정을 남기지 않는 잔혹한 살수로 인해 많은 정파 사람들과 척을 졌으며 복수의 대상이 되었다.

특히 아미파(峨嵋派)는 그들의 전대 장문인이 철혈권마에 의해 목숨을 잃은 까닭에, 정사대전 당시 그 누구보다도 철혈권마를 죽이는데 전력을 기울였다.

하지만 철혈권마는 그 아수라장을 뚫고 지금껏 살아남았고, 지금 사천 중경의 한 객잔에 앉아 있는 것이었다.

담우천은 철혈권마를 바라보았다.

철혈권마는 그가 비선의 행수(行帥)로 있을 때 반드시 죽여야 할 대상으로 꼽히던 인물 중 한 명이었다.

그런 까닭에 담우천은 철혈권마의 외모는 물론이거니와 성격, 무공, 습성 등등에 대해서 철두철미하게 공부하고 외웠다.

그런 철혈권마를 약 십사오 년 만에 만났다고 해서 잊어버렸을까.

그건 아니었다.

지금 철혈권마의 외양은 담우천이 알고 있던 그것과 매우 달랐다. 얼굴은 물론 건장해 보이는 몸매도 사뭇 달랐다. 어쩌면 인피면구로 변장을 한 것인지도 몰랐다.

철혈권마는 다시 대접에 술을 따르며 물었다.

"자네 이름이 뭐지, 친구?"

백의 중년인은 조금은 과장스럽게, 정중한 자세를 취하며 말했다.

"아, 인사가 늦었소이다. 태극감찰밀의 수색본단(搜索本團)의 책임을 맡고 있는 용경생(龍徑生)이라 하오."

원래 태극감찰밀은 밀주(密主)인 무원환 휘하 이단십당 사십대(二團十堂四十隊)로 구성되어 있는 조직이었다.

그러니 수색본단의 단주(團主)라고 한다면 고수들로 가득찬 태극감찰밀 내에서도 서열 이삼 위에 해당하는, 최고 실력자 중의 한 명이라 할 수 있었다.

"뭘 착각하는군, 친구."

철혈권마는 우렁우렁한 목소리로 말했다.

"내가 여기서 기다리고 있었던 건 말이지, 일일이 쫓아다니면서 하나둘씩 해치우기 귀찮아서 그런 게야. 한꺼번에 모조리 죽여 버리려고 말이지."

"호오."

백의 중년인, 용경생은 철혈권마의 오만함과 당당함에 감탄했다는 얼굴이었다.

"역시 그 기개만은 인정해줘야 하겠구려."

그러나 용경생은 자부심 가득 찬 얼굴로 말을 이었다.

"하지만 귀하와 비슷한 실력의 공적십이마 중 귀수구절편(鬼手九切鞭)도 결국 우리의 천라지망 안에서 목숨을 잃었다는 사실을 알아두시기를. 기개만으로 어쩌기에는 우리가 너무 강하오."

"흥."

철혈권마는 코웃음을 쳤다.

"공적십이마라고 뭉뚱그리기에는 귀수구절편 그 녀석과 나와는 제법 실력 차이가 나지 않을까?"

맞는 말이었다.

귀수구절편은 공적십이마들 중에서도 말석(末席)을 차지하는 실력을 지니고 있었다. 사실 그는 무공보다는 그 잔악함과 치가 떨릴 정도로 악독한 행사로 인해 공적으로 낙인 찍힌 인물이기도 했다.

용경생은 침착하게 웃으며 말했다.

"어쨌든 귀찮은 일은 싫소. 순순히 따라와 주신다면 약속컨대 목숨을 살려줄 것이오. 또 동료들, 야래향(夜來香)이나 빙혼마녀(氷魂魔女)들과 만나게 해드릴 수도 있소."

처음으로 철혈권마의 눈빛이 달라졌다.

"그녀… 아니 그들이 지금껏 살아 있었나?"

"물론이오. 그들은 매우 현명했소. 개죽음을 당할 바에야 목숨이라도 보전하자는 건 비겁한 게 아니라 현실적인 생각이니까."

용경생은 조금 목소리를 낮춰서 은근한 어조로 말을 이어나갔다.

"살아 있어야 복수도 할 수 있는 법 아니겠소?"

"흥!"

철혈권마는 다시 한 번 코웃음을 쳤다.

"자네에게 듣기 거북한 이야기로군그래."

"목숨은 그쪽이나 이쪽이나 다 소중한 법이니까."

용경생은 어깨를 으쓱거렸다. 그리고는 한 걸음 더 가까이 다가서며 말했다.

"마지막으로 권하겠… 이런!"

그는 재빨리 허리를 비틀며 오른발을 크게 벌려 몸을 낮추는가 싶더니 그대로 훌쩍 뛰어올라 허공에서 한 바퀴 선회하면서 뒤로 물러났다.

동시에 쾅! 대접 하나가 벽에 깊숙하게 박혔다.

"호오, 제법이구나!"

기습적으로 손을 뻗어 용경생에게 대접을 날렸던 철혈권마가 천천히 자리에서 일어났다.

비록 대접이라고는 하지만 그의 막강한 공력이 실려 있던 일격, 사기로 만든 대접이 벽 깊숙하게 박힐 정도로 강맹한 내공이 실려 있는 기습이었던 거다. 그걸 피해내는 용경생의 실력도 만만치가 않았다.

철혈권마가 자리에서 일어나자 대청에 앉아 있던 사내들 모두 무기를 들고 따라 일어났다. 오직 한 명, 담우천만이 자리에 앉아 있었다.

그게 눈에 걸린 모양이었다.

이십여 명의 눈빛 예리한 사내들이 살기 번들거리는 무

기를 든 채 자신을 노려보고 있었지만, 철혈권마는 태연하게 담우천을 바라보며 말을 건넸다.

"거기, 자네."

담우천이 고개를 들었다. 두 사람의 시선이 마주쳤다. 철혈권마가 고개를 살짝 갸우뚱거렸다.

"날 아나?"

담우천은 잠시 그를 쳐다보다가 입을 열었다.

"모르오."

"그런가?"

철혈권마는 어깨를 으쓱거리고는 다시 물었다.

"자네는 이 무리들과 관련이 없나?"

"그렇소."

"그런데 왜 여기 앉아 있지?"

"시킨 술이 남았기 때문이오."

당연하다는 듯이 말하는 담우천의 대답에 철혈권마는 껄껄껄 웃었다.

"그래, 그래! 역시 모름지기 사내란 이렇게 간담(肝膽)이 커야 하는 법이지."

담우천은 무심한 눈빛으로 그를 쳐다보았다. 철혈권마는 웃음을 그친 후 말했다.

"좋아, 자네가 남은 술을 다 마실 동안 가벼운 여흥거리나 보여주겠네. 재미있게 보게나."

철혈권마의 말에 용경생이 웃으며 말했다.

"그렇구려. 한 마리 호랑이가 사냥꾼들에게 사로잡히는 광경은 확실히 볼 만한 여흥거리가 되겠구려."

"호오, 입담 하나만큼은 대단하군그래."

철혈권마는 불꽃이 튀는 눈빛으로 용경생을 바라보며 말했다.

용경생은 담담한 어조로 대꾸했다.

"말이 길어지면 구경꾼이 지루하게 느낄 것이오."

"하하! 좋아, 좋아! 그럼 한판 벌여볼까."

철혈권마는 객잔이 떠나갈 정도로 크게 웃으며 말했다. 일순, 용경생의 눈가에 긴장의 빛이 스치고 지나갔다.

3. 중경지야(重慶之夜)

"말이 길어지면 구경꾼이 지루하게 느낄 것이오."

겉으로 말은 그렇게 하고 있었지만 용경생은 내심 단단히 긴장하고 있었다.

어디까지나 상대는 공적오마 중의 한 명인 철혈권마. 그의 무공이 어느 정도인지는 방금 전 대접을 던진 그 일격으로 충분히 느낄 수 있었다.

비록 사기로 만든 대접을 던지는 단순한 한 수의 공격에 불과했지만, 어쨌든 천하의 용경생이 세 가지 초식을 동시에 펼쳐서 겨우 피할 수 있을 정도로 강맹무비한 일격이 아니었던가.

"하하! 좋아, 좋아! 그럼 한판 벌여볼까."

철혈권마가 천천히 몸을 돌렸다.

일순 태산 같은 기세가 그의 전신에서 뿜어져 나왔다. 주변의 공기가 철혈권마를 향해 모여들더니 그의 주변을 회오리처럼 휘감고 있었다.

"와라, 하룻강아지들!"

철혈권마의 눈빛도 달라졌다.

뜨거운 열기가 불꽃처럼 피어오르는 가운데 강철 같은 시선이 용경생과 뭇 사내들의 전신을 옭죄었다. 대청의 공기가 무겁게 침잠되어 갔다. 사내들의 가슴이 절로 두근거렸고 혀가 타들어 갔다.

그 호랑이의 눈빛처럼 강렬한 압박감을 견뎌내지 못한 것일까. 철혈권마의 등 뒤쪽에서 칼을 들고 서 있던 사내 한 명이 거칠게 소리치며 덤벼들었다.

"죽어라!"

강맹한 일도가 철혈권마의 머리 위에서 일직선으로 내리그어졌다. 그 벼락같은 기세를 본 담우천은 저도 모르게 움찔거렸다.

'이자들, 생각보다 훨씬 강하다.'

앉아 있을 때는 그저 그런 평범한 고수들처럼 느껴졌는데 무공을 펼치는 순간 그보다 두어 단계 이상의 실력을 보여주는 것이다.

아마도 그건 철혈권마를 안심시키기 위한 속임수였던 게다. 그를 방심시키기 위한 술수였던 것이리라.

예상대로 철혈권마는 방심한 것일까. 그는 가볍게 손을 뻗어 탁자를 들어 던졌다.

우당탕탕!

그릇들이 쏟아지고 엎어지는 소리와 함께 탁자는 사내를 향해 덮쳐갔고 사내의 칼은 탁자를 반으로 갈랐다. 그리고 그 기세 그대로 철혈권마를 향해 짓쳐 들었다.

바로 그 순간이었다.

철혈권마는 반으로 갈라지는 탁자를 향해 손을 댔다.

펑!

굉음이 울려 퍼졌다.

반으로 쪼개진 탁자는 멀쩡한 상태였지만 그 너머의 사내는 복부에 커다란 충격을 받고 허공을 날아 매서운 기세로 대청 벽까지 날아갔다.

동시에 두어 명의 사내들이 지면을 박차고 뛰어 올랐다.

그들은 곧바로 벽에 부딪칠 것만 같던 사내를 낚아채고는 바닥으로 착지했다.

날아가던 기세로 보건대 벽에 부딪쳤으면 등뼈가 박살 낼 수도 있었지만 사내는 동료들의 빠른 도움에 겨우 목숨을 구할 수 있었다.

'격산타우(隔山打牛)로군.'

담우천은 흥미진진하게 구경했다. 확실히 철혈권마의 말대로 술맛이 나는 여흥이었다.

한편 사내가 벽을 향해 날아가는 순간, 철혈권마의 좌우에 서 있던 사내들이 동시에 움직였다. 그들의 칼과 검이 철혈권마의 머리와 가슴을 노리고 전광석화처럼 파고들었다.

철혈권마가 광소(狂笑)를 터뜨리며 반으로 갈라진 탁자를 양 손에 잡고는 좌우로 풍차처럼 크게 휘둘렀다.

탁자는 정확하게 사내들의 손목을 내려쳤고, 우두둑 소리와 함께 손목뼈가 박살 난 사내들의 손에서 칼과 검이 바닥에 떨어졌다.

바로 그 순간, 철혈권마는 용경생을 향해 왼손의 탁자를 집어 던졌다.

용경생의 안색이 급변했다.

콰아아아!

대접이 날아들 때와는 전혀 다른 파공성이 광풍노도(狂風怒濤)처럼 일었던 것이다. 그는 감히 탁자를 막거나 걷어찰 엄두를 내지 못하고 조금 전과 같이 세 번의 연속 동작을 펼쳐 겨우 탁자를 피했다.

"하하하! 이 정도면 재미있었는지 모르겠네, 친구!"

철혈권마는 크게 소리치며 창을 향해 오른손에 쥐고 있던 탁자를 집어던졌다. 그리고 동시에 몸을 날려 그 탁자 위에 올라탔다.

창이 깨지는 소리가 요란하게 울려 퍼졌고, 철혈권마는 마치 근두운(筋斗雲)을 탄 손오공처럼 탁자를 탄 채 박살 낸 창 저편으로 사라져갔다.

그가 이렇게 도주할 줄을 몰랐는지 장내의 사람들이 잠시 멈칫했다.

"뭣들 하느냐, 놈을 뒤쫓지 않고!"

용경생이 버럭 소리치며 객잔 밖으로 뛰어나갔다. 그제야 다른 태극감찰밀원들도 자리를 박차고 달려 나갔다.

"주변 백여 리에 천라지망이 펼쳐져 있다! 네놈이 도망갈 곳은 없다!"

용경생이 철혈권마를 뒤쫓으며 외치는 소리가 점점 멀어지는 가운데, 사방에서 호각 소리가 울려 퍼졌다.

"푸하하하! 이런 애송이들로 날 잡겠다고? 백 년은 이르다, 꼬마야!"

멀리서 철혈권마의 목소리가 희미하게 들려왔다. 그가
객잔을 빠져나간 지 불과 열을 헤아릴 시간도 지나지 않았
는데 순식간에 백여 장은 도주한 것 같았다.

객잔 대청에는 한바탕 태풍이 휘몰아친 것 같았다. 장내
에는 깨진 그릇들과 부서진 탁자, 창틀이 어지럽게 떨어져
있었고, 철혈권마의 일격에 격중당한 사내들이 바닥에 드
러누운 채 신음을 흘리고 있었다.

여전히 홀로 앉아서 술을 마시던 담우천은 그들을 바라
보았다. 격산타우의 수법에 격중당한 사내는 갈비뼈가 부
러진 듯 신음을 흘리다가 혼절했다.

'흐음, 이것 참.'

담우천은 그 광경을 지켜보며 속으로 중얼거렸다.

'재미있다고 해야 하나, 이해가 가지 않는다고 해야 하
나.'

지금 상황은 좀처럼 납득하기 힘든 일이었다.

어쨌든 그는 마지막 잔을 비우고 자리에서 일어나려고
했다. 동료들을 이렇게 내팽개쳐 둘 태극감찰밀이 아니었
으니까. 분명 원군들이 금세 나타날 것이다.

아니나 다를까.

담우천이 막 자리에서 일어나는 순간, 태극감찰밀의 동

료들로 보이는 사내들 세 명이 객잔 안으로 뛰어 들어왔다.

"아우!"

그들은 담우천에게는 신경 쓰지 않은 채 곧바로 부상을 입은 동료들을 향해 달려가 상세를 확인한 후 약을 먹이고 치료하기 시작했다.

언뜻 그 솜씨를 보아하니 태극감찰밀 내에서도 부상자를 전문적으로 치료하는 임무를 지닌 자들 같았다.

담우천은 그 모습을 뒤로하고 천천히 객잔을 나서려 했다.

그제야 담우천의 존재를 알아차린 것일까. 그중 한 명이 뒤늦게 그를 돌아보며 소리쳤다.

"네놈은 뭐냐?"

담우천이 대꾸했다.

"구경꾼이오."

"구경꾼?"

담우천의 대답이 마음에 들지 않았던 모양이었다. 소리쳤던 자의 눈빛에 분노가 이글거렸다.

"무림의 공적과 태극천맹이 싸우는데 구경했다? 네놈은 도대체 어느 편이냐?"

담우천은 미처 그 사실을 몰랐겠지만 사내의 입장에서 보자면 확실히 그렇게 소리칠 만했다.

그의 이름은 임두생(林頭牲).

그리고 철혈권마의 격산타우에 의해 갈비뼈가 박살 난 채 혼절해 있는 자는 다름 아닌 그의 동생 임화생(林和牲)이 었던 것이다.

임두생은 동생이 정신을 차리지 못할 정도로 중한 부상을 입은 까닭에 안 그래도 마음이 뒤숭숭하던 참이었다. 그런데 담우천이 그저 구경만 하고 있었다고 하니 갑자기 머리끝까지 분노가 치밀어 오른 것이다.

"아무 편도 아니오."

담우천은 무뚝뚝하게 말했다.

"이 자식, 정체가 수상한 걸?"

임두생은 벌떡 자리에서 일어나더니 담우천에게 다가가며 물었다.

"너, 마두(魔頭)의 밀정(密偵)이지?"

임두생은 대답도 기다리지 않고 다짜고짜 담우천의 팔을 꺾으려 들었다.

하지만 담우천이 외려 그의 손을 꺾었다. 임두생은 얼굴을 일그러뜨리며 비명을 내질렀다.

"아아! 이 자식이 사람 잡네!"

부상자들의 상처를 치료하던 그의 동료들이 벌떡 일어나더니 무기를 꺼내 들었다.

"놓아라!"

"죽고 싶더냐?"

그들의 위협에 담우천은 임두생의 꺾인 손을 풀어주며 그를 툭 밀었다. 그는 물에 빠진 사람처럼 허우적거리며 동료들의 품에 안겼다.

하지만 그는 곧 몸을 돌리더니 우악스러운 눈길로 담우천을 노려보며 소리쳤다.

"감히 태극감찰밀원들에게 공격을 하다니, 확실히 네놈은 사마외도의 인물이 분명하다!"

그리고는 곧바로 호각을 꺼내 불었다. 삐익— 삑! 요란한 소리가 울려 퍼졌다.

담우천은 어이가 없었다.

사실 그대로 말했는데도 저들은 제 성질을 참지 못하고 이렇게 옥박지르는 것이다.

담우천은 잠시 그들을 바라보다가 몸을 돌렸다. 괜한 시비에 말리기 싫은 까닭에 이제 객잔을 떠나려는 것이다. 하지만 그런 담우천을 저들이 가만 놔두지 않았다.

"놈! 어딜 도망가려 하느냐?"

임두생이 소리치며 무기를 꺼내 들었다.

비록 부상자를 치료하는 의술이 주된 임무라고는 하지만 그래도 명색이 태극감찰밀의 일원인 게다. 허공에 대고 크게 휘두르는 칼날이 흉흉하게 번쩍였다.

동료들도 칼을 뽑았다. 그들은 품(品) 자로 담우천을 에워싸며 도주를 막았다.

일순 담우천의 귀끝이 쫑긋거렸다. 멀리서 객잔을 향해 달려오는 기척들이 느껴졌다.

이곳에서 시간을 끌다가는 자칫 일이 꼬이게 될 거라는 생각이 그의 뇌리에 떠올랐다.

그 순간, 담우천이 움직였다. 귀신도 속인다는 둔형잠신보가 그의 발끝에서 펼쳐졌다.

"어, 어디로?"

일순 임두생을 비롯한 세 명은 담우천을 시야에서 놓치고 허둥거렸다.

담우천이 전력으로 펼치는 둔형잠신보를 파훼할 정도의 능력은 없었기에, 임두생은 눈 깜짝할 사이에 자신의 뒤로 돌아간 담우천을 인지하지 못했다.

담우천은 가볍게 손을 뻗어 그의 수혈을 눌렀다. 수혈이 제압당한 임두생이 앞으로 꼬꾸라질 때야 비로소 다른 두 명의 사내들이 담우천을 돌아보았지만, 이미 그때는 담우천이 그 자리에서 사라진 후였다.

"어, 어디냐?"

사내들은 황급히 뒤로 몸을 돌리며 마구잡이로 칼을 휘

둘렀다. 그야말로 눈뜬 봉사가 된 상황이었다.

이때 담우천은 그들의 머리 위에 있었다.

어느 틈에 천장으로 도약하여 저들의 시야에서 벗어났던 담우천은 곧바로 하강하며 그들의 혈도를 찍어 눌렀다. 두 명은 제대로 반응조차 하지 못하고 쓰러졌다. 그야말로 현격한 실력의 차이를 보여주는 장면이었다.

'이상하다.'

세 명의 사내들을 단번에 제압한 담우천은 곧장 박살 나 있는 창가로 몸을 날리며 생각했다.

'생각보다 실력이 는 것 같은데.'

어둠이 짙게 깔린 거리를 질주하면서 담우천은 고개를 갸웃거렸다.

아무리 의술이 주(主)라고는 하나 그래도 일류급에 해당하는 무공을 지닌 태극감찰밀원들이었다.

게다가 그들은 분노와 적개심으로 사기 충만한 상태가 아니었던가.

그런데 지금 담우천은 그런 자들을 가볍게 쓰러뜨릴 정도의 실력을 지녔다.

작년 아이들과 함께 유주를 여행할 때보다, 아니 한 달 전 제갈가와 싸웠을 때보다 오히려 무공이 상승한 듯했다. 도대체 무슨 이유에서일까.

'어쨌든…….'

담우천은 인적이 느껴지지 않는 거리로 방향을 틀며 생각했다.

'나쁘지 않은 일이니까.'

사방에서 들려오는 호각 소리가 점점 더 멀어지고 있었다. 중경의 밤이 깊어갔다.

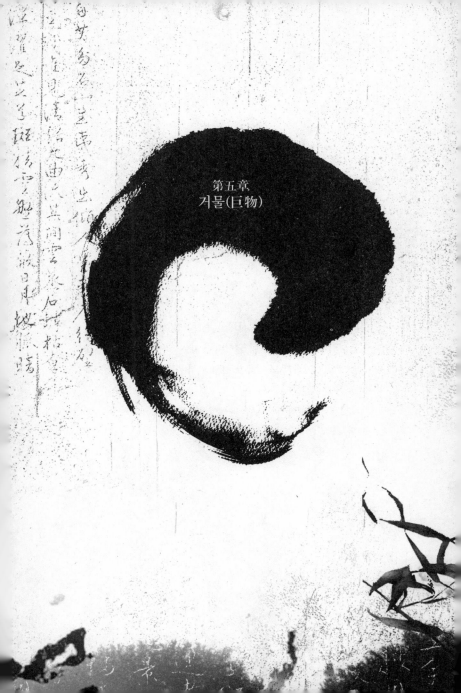

第五章
거물(巨物)

그렇다. 이게 바로 혈천노군의 본모습이었다.

이미 사라진 지 오래인 옛 시대의 주인이었으나 지금은 모습을 감추고 천하를 떠도는 신분이 되어버린 자. 그러나 초라한 퇴물이라고 하기에는 여전히 그 기세가 천하를 아우를 것만 같은 기도를 내뿜는 자이기도 했다.

태극천맹의 지배하에 있는 이 땅에서 잃어버린 옛 영화와 권좌(權座)를 되찾으려는 노거물(老巨物).

1. 격산타우의 수법이 형편없었으니까

시원한 바람이 밤의 중경 거리를 휩쓸었다.

사방이 분지인 까닭에 여느 타 지역보다 훨씬 무더웠던 중경이었지만, 그래도 밤에는 살짝 소름이 돋을 정도의 서늘한 바람이 불어오고 있었다.

객잔을 빠져나왔던 담우천은 어느덧 중경을 벗어나 서쪽 성도부로 이어지는 관도에 당도했다.

관도 곳곳에는 태극감찰밀원으로 보이는 백의인(白衣人)들이 경계를 하고 있었다. 담우천은 그들의 시야를 피해 천천히 관도를 벗어나 이동했다.

이때 호각 소리는 담우천이 있는 곳과는 정반대 방향인 동쪽에서 들려오고 있었다. 그러니 이쪽은 안전하다고 여겼는지, 서쪽 관도 인근 지역을 지키고 있는 자들은 꽤나 한가롭고 여유로워 보였다.

또 그런 까닭이었을까. 그들 중 누구 하나 담우천의 기척을 눈치챈 자는 아무도 없었다.

중경에서 약 백여 리 정도 서쪽으로 이동하자 더 이상 태극감찰밀원들의 모습이 보이지 않았다. 놈들의 천라지망 밖으로 빠져나온 것이다.

숲길을 헤치며 앞으로 나아가던 담우천은 멀리 불빛이 새어나오는 관제묘(關帝廟)를 발견했다.

낡을 대로 낡아서 겨우 기둥과 지붕만이 온전한 형태를 갖추고 있는 허름한 관제묘에서 누군가 모닥불을 피우고 앉아 있었다.

담우천은 그 옆으로 빠져나갈까 생각하다가 모닥불에 비쳐진 한 사람의 인영을 확인하고는 마음을 고쳐먹었다. 그는 곧장 관제묘 쪽으로 걸어갔다. 늑대나 들개들의 서식처인 듯 주변에는 많은 개똥들이 널려 있었다.

담우천이 관제묘 입구까지 다가섰지만 모닥불 옆에 앉아 있는 사람은 전혀 돌아볼 기색이 없는 듯 보였다. 담우천은 그의 맞은편 자리로 걸어가 주저앉았다. 그리고 무뚝뚝하게 입을 열었다.

"역시 이쪽으로 도주하셨구려."

그제야 담우천을 바라보는 그는 확실히 조금 전 객잔에서 도주했던 철혈권마였다.

"아, 자네였군."

그는 알은척하며 입을 열었다.

"자네도 나를 쫓아온 겐가?"

담우천은 고개를 저었다.

"성도부로 가는 길이었소."

"성도부라… 관도로 안 가고?"

이 관제묘는 관도에서 제법 떨어진 서쪽 숲속에 위치해 있었다. 일부러 찾지 않으면 발견하기 힘들 정도로 외진 곳, 그러니 철혈권마가 의아해하는 건 당연했다.

"그들… 태극감찰밀과 얽히는 게 싫기 때문이오."

"호오, 이유를 물어봐도 되겠나?"

"귀찮으니까."

담우천은 단순명료하게 말했다.

철혈권마는 멀뚱한 눈으로 그를 바라보다가 일순 크게 웃음을 터뜨렸다.

"하하하, 그래. 귀찮지. 아무리 천하의 태극감찰밀이라 하더라도 그들과 얽히는 건 귀찮은 일에 불과하지."

그는 연신 고개를 끄덕이며 말했다.

"대단한 배짱을 지닌 젊은이로군그래. 이 철혈권마조차 놈들이 두려워서 이렇게 외진 곳에 몰래 숨은 채 휴식을 취하고 있는데… 그저 귀찮기만 할 뿐이라."

담우천은 차분하게 말했다.

"만약 그들이 두려웠더라면 굳이 일부러 놈들이 천라지망을 펼치기를 기다릴 수가 없었을 텐데요."

철혈권마의 눈빛이 기묘하게 반짝였다.

"그건 어찌 아는가?"

"당연하니까."

담우천이 다시 짧게 말했다. 철혈권마는 어이가 없다는 표정으로 그를 바라보았다.

"당연하다니, 뭐가 당연하지?"

담우천은 근처에 떨어져 있는 마른 나뭇가지 하나를 들고 불을 붙이며 말했다.

"적이 사방에 흩어져 있으면 빠져나가기도 귀찮고 힘들어지죠. 그럴 때는 차라리 놈들이 한 곳에 집결하기를 기다려 성동격서(聲東擊西)의 형식으로 도주하는 게 가장 나은 방법일 것이오."

"오호, 내가 그런 계략을 썼다 이건가?"

담우천은 철혈권마를 바라보았다. 철혈권마의 두 눈은

호랑이의 그것처럼 부리부리했다.

"체격이 더 커지셨소이다."

담우천이 다시 입을 열었다. 철혈권마는 고개를 끄덕이며 대답했다.

"잘 먹고 잘 뛰다 보니까… 응? 내 체격이 더 커졌는지 어떻게 알지?"

담우천을 바라보는 철혈권마의 두 눈에 언뜻 살기가 스며들었다.

"자네, 누구지? 객잔에서도 그랬지만 자네의 그 눈빛, 내가 누구인지 알고 있다는 눈빛이야."

목소리마저 차갑게 들려왔다. 하지만 담우천은 여전히 무심한 어조로 말했다.

"확실히 당신이 누구인지 잘 알고 있소이다, 혈천노군(血天老君)."

일순 철혈권마의 표정이 달라졌다. 그를 둘러싼 공기도 급격하게 변했다.

모든 게 변했다.

음울한 공기, 음습한 표정, 그리고 끈적거리는 살기.

조금 전까지만 하더라도 활활 타오르던 눈빛 대신 그는 한없이 깊게 침잠하는, 그래서 마치 지저갱(地底坑)의 암흑과도 같이 변해 버린 눈빛으로 담우천을 응시했다.

"어떻게 알았을까?"

목소리도 달라졌다.

조금은 들뜬, 우렁우렁하게 울려 퍼지던 목소리가 아니었다. 차갑게 가라앉아서 주변의 공기마저 얼어붙게 만드는 음성이었다.

그렇다.

비록 얼굴과 체형은 똑같았지만 지금 이 자리에 앉아 있는 사람은 조금 전의 철혈권마가 아니었다. 반면 담우천은 태평하다 싶은 정도로 무심한 얼굴이었다.

담우천은 차분하게 말했다.

"격산타우의 수법이 형편없었으니까."

예상외의, 엉뚱한 답변이었나 보다. 철혈권마의 눈빛이 사뭇 흔들렸다.

"형편없었다?"

"나는 한때 철혈권마에 대해 많은 걸 조사한 적이 있었소. 그래서 당시 그의 장기 중 하나인 격산타우에 대해서는 철혈권마 본인보다 더 잘 안다고 생각하오."

담우천은 느긋하게 말을 이어나갔다.

"그의 격산타우에 당하면 갈비뼈가 부러지는 것에서 끝나지 않소. 아니, 외려 갈비뼈는 멀쩡한 대신 내장이 진탕하고 내부의 모든 것들이 소용돌이처럼 휘돌며 뜨겁게 타

올라서 즉사(卽死)하고 마오."

"흐음."

"그렇게 죽은 자들의 시신을 수없이 해부한 끝에 나온 결론이었소. 철혈권마의 격산타우는 일반 격산타우와 전혀 다른 수법이다. 그와 싸울 때면 결코 격산타우에 격중당하면 안 된다, 라는 것 말이오."

철혈권마는 기이한 눈빛으로 담우천을 지켜보았다. 그의 주변에 모여 있던 살기가 점점 흐려지는 것 같았다. 아니, 지금 그 살기는 어느 한곳으로 모여 응축되고 있었다.

그 사실을 아는지 모르는지 담우천은 계속해서 이야기를 하고 있었다.

"그런 철혈권마의 격산타우에 비하면 당신의 그것은 너무나 형편없었소. 게다가……."

"게다가?"

"당신의 그 근육질 몸매 말이오. 너무나 인위적인 것으로 보였거든. 일반적인 외공의 수련을 통해서 키운 근육이 아닌, 가령 확골공(擴骨功)이나 팽근창골공(膨筋脹骨功) 같은 부류의 무공에 의해 키워진 근육 같다는 것이오."

확골공은 골격을 확대하고 늘이는 수법으로 축골공(縮骨功)과는 정반대의 무공이었다.

그리고 팽근창골공은 말 그대로 근육을 팽창시키고 골격

을 확대하는 무공으로 확골공보다는 한 수 위의, 그래서 평범한 고수들은 아예 그 존재조차 모르는 상승무공이었다.

철혈권마는 냉정하고 차가운 눈빛으로 담우천을 바라보다가 조용히 입을 열었다.

"잘 봤네. 확실히 나는 철혈권마가 아닌 혈천노군일세."

일순 담우천의 시선이 미세하게 흔들렸다.

비록 짐작은 하고 있었지만 확신은 없었던 사실이었다. 그런데 지금 그 자신이 혈천노군임을 시인하는 것이다. 놀라지 않을 수가 없었다.

반신반의했는데.

'혈천노군이라니……'

2. 내 목을 비틀어 죽일 것이오?

혈천방(血天幇)이라는 거대 사파의 방주.

위험하고 엄청난 무공을 지닌 공적십이마들 중에서도 세 번째로 위험하고 강하다는 평가를 받는 노마(老魔).

무공도 뛰어나고 심계도 깊지만, 무엇보다 조직을 꾸미는 데 탁월한 재주가 있어서 만약 그가 살아 있다면 사마외도의 재편 가능성이 매우 크다. 그러므로 반드시 죽여야 한다, 라고 태극천맹의 특급 기밀서류에 올라와 있는 자.

그가 바로 혈천노군이었다.

지금 담우천의 눈앞에는 신기하고 기이한 광경이 펼쳐지고 있었다.

마치 바람 팽팽하게 집어넣은 돼지 오줌보에 구멍이 난 것처럼, 혈천노군의 바위처럼 울퉁불퉁한 근육들이 바람 빠지듯 천천히 빠져나가는 것이었다.

그렇게 근육들이 모두 사라진 후 혈천노군은 어쩌면 왜소하다고 할 수 있을 정도로 평범한 체구의 노인으로 변했다. 그는 헐렁해진 옷을 벗더니 뒤집어 입었다.

그러자 품이 넓고 길이가 다리까지 내려오는 남색장포(藍色長袍)가 되었다.

"아, 얼굴이 남았나?"

혈천노군은 중얼거리더니 곧 얼굴을 더듬었다. 면구 하나가 떨어져 나갔다. 매부리코를 사이에 두고 깊게 파인 동공이 유난히 사이(邪異)롭게 보이는 노인의 얼굴이 드러났다.

담우천은 저도 모르게 마른침을 삼켰다. 과거 비선의 행수 시절 수천 번은 들여다보았던 용모파기, 그대로였다.

그렇다. 이게 바로 혈천노군의 본모습이었다.

이미 사라진 지 오래인 옛 시대의 주인이었으나 지금은

모습을 감추고 천하를 떠도는 신분이 되어버린 자. 그러나 초라한 퇴물이라고 하기에는 여전히 그 기세가 천하를 아우를 것만 같은 기도를 내뿜는 자이기도 했다.

태극천맹의 지배하에 있는 이 땅에서 잃어버린 옛 영화와 권좌(權座)를 되찾으려는 노거물(老巨物).

그 혈천노군이 지금 담우천의 눈앞에 앉아 있는 것이다.

"나도 자네에 대해서 알 것 같네."

혈천노군의 목소리는 카랑카랑했다. 지금껏 목소리도 변조하고 있었던 모양이다.

담우천은 묵묵히 그를 바라보았다. 혈천노군은 관찰이라도 하듯 예리한 눈빛으로 담우천의 얼굴을 뚫어지게 바라보면서 말을 이어나갔다.

"과거 태극천맹의 초창기 시절, 놈들에게는 사선을 넘나드는 자들이라는 암살부대가 있었지."

담우천은 아무런 말도 하지 않았다.

"비선이라고 했던가? 어린 애송이들이었지만 우리들에게 특화된 무공을 익힌 까닭에 제법 상대하기가 힘들었던 기억이 나는군."

혈천노군은 담우천의 표정이 어떻게 변화하는지 지켜보았다. 그러나 담우천은 여전히 무심한 얼굴이었다. 혈천노군이 다시 말을 이어나갔다.

"그들로 인해서 우리 동료들 몇몇이 살해당하거나 혹은 사로잡혔지. 그래서 훗날 비선의 무리들이 토사구팽을 당했다는 소식을 접했을 때 꽤나 아쉬웠다네. 왜냐구? 우리가 직접 놈들의 목을 비틀어 죽일 기회가 사라졌으니까."

멀리서 밤새 우는 소리가 희미하게 들려왔다. 가끔씩 어디선가 개구리 우는 소리도 들렸다.

관제묘 내부는 진한 살기로 가득 차 있는 가운데 혈천노군의 날카로운 금속성의 목소리가 계속 이어졌다.

"어쨌든 자네는 그 비선이라는 조직에 속했던 자일 걸세. 그것도… 혈검수라라는 별호를 지녔던 그 비선의 우두머리가 분명할 걸세. 어떤가?"

혈천노군의 물음에 담우천은 한동안 가만히 있다가 고개를 끄덕이며 인정했다.

"맞소."

"그럴 테지. 자네 정도의 담대함과 기세를 지닌 자라면 확실히 일개 조무래기는 아닐 거라고 예상했네."

혈천노군은 자신의 추측이 맞았다는 게 기분 좋았던지 싱긋 미소를 머금었다. 하지만 양쪽 입매가 기묘하게 말려 올라가는 식의 웃음은 보는 사람으로 하여금 등골이 오싹하게 만들고 있었다.

"그래서……."

그 소름끼치는 미소를 담담한 시선으로 지켜보면서 담우천이 오래간만에 입을 열었다.

"내 목을 비틀어 죽일 것이오?"

"글쎄."

혈천노군은 고개를 갸웃거렸다. 그는 뭔가 생각하는 척하다가 입을 열었다.

"내가 듣기로는 말이지. 비선의 살아남은 자들과 태극천맹의 사이가 그리 좋지 않다고 하던데. 아무래도 토사구팽을 당한 자와 그렇게 만든 자의 관계가 좋을 수는 없을 테니까 말이네."

담우천은 긍정도 부정도 하지 않았다.

"원래 적의 적은 아군이라는 이야기도 있지. 자네가 지금 태극천맹과 싸우는 입장이라면 굳이 자네를 죽여서 태극천맹을 편하게 할 필요는 없다는 말이네."

거기까지 말한 혈천노군은 담우천의 의중을 떠보려는 듯이 물었다.

"아까 귀찮다고 한 것 말이네. 역시 태극천맹과 관계가 나쁘다는 걸 의미하는 거겠지?"

담우천은 잠시 뜸을 들이다가 입을 열었다.

"귀하가 옛 악연을 잊겠다면 나 또한 그렇게 하겠소. 지금은 귀하와 싸울 이유가 전혀 없으니까."

"흠."

혈천노군은 입을 다물었다.

만족한 대답이라고 생각한 걸까. 마땅치 않다고 여긴 걸까. 표정만 봐서는 그가 무슨 생각을 하는지 전혀 알 수가 없었다.

참시 침묵이 먼지처럼 내려앉았다. 관제묘 내부에 가득 차 있던 살기도 어느새 사라지고 없었다. 가끔씩 들려오던 개구리 소리도 더 이상 들리지 않았다.

두 사람은 묵묵히 모닥불을 응시하고 있었다.

바로 그때였다.

스슷, 하는 가벼운 발걸음 소리와 함께 인기척이 느껴졌다. 하지만 두 사람은 이미 짐작하고 있었다는 듯이 조금의 변화도 없었다.

무기를 든 백의인들이었다. 십여 명이나 되는 자들이 한꺼번에 관제묘를 포위하듯 에워쌌다. 그리고 우두머리인 듯한 자가 앞으로 걸어 나왔다.

혈천노군이 고개를 돌리더니 깜짝 놀라는 시늉을 했다.

"어이쿠, 언제부터 거기 있었던 겁니까?"

그는 그제야 처음으로 사람의 기척을 눈치챈 사람처럼 행동하며 말했다.

"실례하오."

중년 사내는 담우천과 혈천노군을 바라보며 말했다.

"본인은 태극감찰밀의 당주, 마대운(馬臺雲)이라고 하오. 혹시 체격이 태산처럼 건장한 노인을 보지 못하셨소?"

"이곳에는 두어 시진 전부터 아들 녀석과 이 늙은이만 있었습니다."

혈천노군은 태연자약하게 거짓말을 했다. 그의 목소리나 표정도 시골 촌로처럼 어수룩하기 그지없었다.

"그렇소? 실례했구려."

마대운은 돌아서려다가 문득 동작을 멈췄다. 그리고는 다시 뒤돌아서더니 담우천을 바라보며 물었다.

"그 붕대는 어찌된 거요?"

3. 나는 혼자가 아니오

담우천의 왼손은 여전히 붕대로 감겨 있었다.

하지만 마대운은 붕대가 아닌 담우천의 눈을 바라보고 있었다.

그가 붕대 운운한 것은 어쩌면 말을 붙일 구실을 만들기 위해 던진 것에 불과할지도 모른다. 이 외딴곳에, 늦은 시간에 서로 닮지 않은 부자지간이 어색하게 앉아 있다는 사실을 미심쩍게 여긴 것일 수도 있었다.

담우천은 별거 아니라는 투로 말했다.

"화상을 입었소."

혈천노군이 웃으며 말했다.

"안 그래도 치료하기 위해 중경으로 가는 길입니다. 용한 의생이 있다고 해서요."

"중경으로 가시는 길이었소?"

마대운은 담우천과 혈천노군을 번갈아 바라보며 물었다. 혈천노군은 고개를 끄덕였고 담우천은 무심하게 모닥불을 바라보았다.

마대운의 눈썹이 살짝 찌푸려졌다. 하지만 별 특이한 점을 발견하지 못한 듯 그는 두 손을 모으며 말했다.

"부상이 완쾌되기를 바라겠소. 그럼 우리는 이만……."

마대운과 수하들이 사라졌다.

혈천노군이 쯧쯧거리며 혀를 찼다.

"그렇게 뻗대다가는 뒤통수 얻어맞기 딱 좋다고 몇 번이나 이야기하지 않았느냐? 이 애비 말 좀 들어라."

담우천은 아무런 말을 하지 않았다.

혈천노군은 한숨을 쉬며 고개를 설레설레 흔들었다. 그리고는 나뭇가지 몇 개를 모닥불에 던져 넣었다.

시간이 흘렀다. 혈천노군은 그제야 피식 웃으며 중얼거렸다.

"의심이 많은 자로군."

마대운을 두고 하는 말이었다. 그는 물러난 것처럼 수하들을 물렸지만 불과 이십여 장 정도 떨어진 곳에 숨은 채 관제묘를 감시하고 있었던 것이다.

즉, 혈천노군이 뒤통수니 애비니 한 것은 마대운의 의심을 풀기 위한 거짓말이었다.

"하지만 늘 뻗대는 건 좋지 않아, 그건 농담이 아니다."

혈천노군은 정색하며 말했다.

"홀로 버티고 끝까지 살아남으려면 가끔씩 숙이고 구부릴 줄도 알아야 하지, 갈대처럼."

'지금껏 그렇게 살아오셨소?'

담우천은 질문을 목 안으로 삼켰다.

방금 전 보여주었던 혈천노군의 처신으로 충분히 알 수 있는 일이었다. 굳이 물어봐서 그의 자존심을 뭉갤 필요는 없었다.

"그나저나 왜 묻지 않지?"

혈천노군이 물었다. 담우천이 되물었다.

"무얼 말이오?"

"왜 내가 철혈권마로 변장해서 돌아다니는지 말이네."

"궁금하지 않기 때문이오."

담우천은 잘라 말했다.

"나와 관련이 없는 일에는 구태여 알고 싶지도 않고 끼어들고 싶지 않소. 오늘 귀하와의 만남은 우연일 뿐, 그러니 앞으로 두 번 다시 만날 이유도 없을 것이오."

"우연이라."

혈천노군의 눈빛이 가늘어졌다.

"세상 모든 일은 우연을 가장한 필연으로 이뤄져 있지. 또 우연이 세 번 겹치면 필연이 되는 법이고."

담우천은 대꾸하지 않았다. 그러나 혈천노군은 혼잣말을 하듯 계속 중얼거렸다.

"사람 마음이라는 게 참 희한하지. 알고 싶지 않다면 알려주고 싶고 끼어들고 싶지 않다면 꼭 끼어들게 만들고 싶어지니까. 정말 어디로 튈지 모르는 게 사람 마음이라는 게야."

"……."

"그래서 가르쳐 주지. 내가 왜 철혈권마의 행세를 하고 다녔는지 말이네. 간단해. 그가 좀 더 안전하게 활동할 수 있게 도와주려는 거지."

'안전하게 활동할 수 있게?'

"태극천맹으로 하여금 그가 강호 이곳저곳으로 도망쳐 다닌다고 오인하게끔 한다는 게야. 그러면 그는 그곳에서 편히 활동할 수 있을 테니까. 아, 그곳이 어딘지 궁금하겠지? 물론 가르쳐주지 않을 게야."

혈천노군은 담우천을 궁금하게 만들었다고 생각한 듯 기분 좋다는 표정을 지었다. 하지만 정작 담우천의 표정은 여전히 변함이 없었다.

"자네, 재미없군그래."

혈천노군이 한숨을 쉬며 말했다.

"그렇게 자기 자신만 생각하고 살아가기에는 세상이 너무 넓고 사람들도 많지 않을까? 혼자 세상을 살아갈 수 있다고 생각하나?"

나는 혼자가 아니오.

담우천은 저도 모르게 속으로 중얼거렸다.

확실히 그는 혼자가 아니었다. 아내도 있었고 자식들도 있었다. 거기에다가 친형제자매와 같은 동료들도 있었다.

'이만하면 나도 보통 사람들과 같은 삶을 살아가고 있다고 할 수 있겠지.'

담우천은 다시 속으로 중얼거렸다.

"호오."

담우천의 표정을 지켜보던 혈천노군이 고개를 끄덕이며 말했다.

"생각 외로 가까운 지인들이 제법 있나 보군그래. 목숨을 서로 빌려줄 수 있는 사이 말이야."

"……"

"좋은 일이지. 하지만 강호에 적(籍)을 두고 살아가는 이상 그 지인들은 언제고 자네의 발목을 잡게 될 것이야. 그런 의미에서는 혼자 살아가는 게 최고일 수도 있겠지."

혈천노군은 담우천을 놀리듯이 조금 전과는 정 반대되는 이야기를 했다.

그러나 담우천은 묵묵부답이었다.

그가 여전히 반응을 하지 않자, 혈천노군은 재미가 없다는 듯이 화제를 돌렸다.

"그나저나 그 붕대는 뭔가?"

담우천이 입을 열었다.

"아까 말하지 않았소?"

"화상?"

혈천노군이 혀를 찼다.

"내가 그 말을 믿을 것 같은가? 비선의 우두머리가 화상을 입었다고?"

"믿든 믿지 않든 상관없소."

"흐흠. 표정을 보아하니 거짓말은 아닌 것 같은데. 이상한 일이군. 도대체 어떤 종류의 화상일까?"

"모르셔도 되오."

"그래? 뭐 상관없지. 나 역시 그리 궁금하지는 않으니까.

헌데 어디로 가는 중인가? 아, 성도부로 가는 길이라고 했지?"

"그렇소."

"나도 성도부로 가는 길이네. 오래간만에 만날 사람이 있거든."

혈천노군의 말에 담우천은 가볍게 눈살을 찌푸렸다. 왜 지금 혈천노군이 자신에게 굳이 이런 이야기를 하는지 의심스러웠던 것이다.

혈천노군은 어깨를 으쓱거리며 말을 이었다.

"마침 가는 길이 같으니 성도부까지는 동행하는 게 어떤가? 행여 있을지 모르는 태극천맹의 이목도 속일 수 있을 테니까, 아까처럼 말이네."

그건 그리 나쁘지 않은 제안이었다.

"괜찮소."

하지만 담우천은 고개를 저으며 말했다.

"혼자 다니는 게 편하오."

"그럼 어쩔 수 없고."

혈천노군은 뒤로 물러나 벽에 등을 기대고 앉았다. 그리고는 더 이상 담우천에게 볼일이 없다는 식으로 두 눈을 감았다. 날이 샐 때까지 한숨 자두려는 모양이었다.

담우천은 잠시 그를 지켜보다가 역시 뒤로 물러나 앉았

다. 그리고 혈천노군처럼 벽에 등을 기댄 채 눈을 감았다. 한두 시진 정도라도 눈을 붙일 생각이었다.

그러나 잠이 오지 않았다. 눈앞에 전대의 거마가, 그것도 한때 적대 관계에 있던 거물이 앉아 있다는 사실이 그의 평정심을 무너뜨리고 있었다.

자칫 잠을 자다가 자신도 모르는 사이에 목이 잘려 나갈 수도 있지 않은가.

담우천은 잠시 그렇게 앉아 있다가 결국 자리에서 일어났다. 혈천노군은 이미 잠에 깊숙하게 빠져든 듯 꼼짝도 하지 않았다. 담우천은 잠시 그를 바라보다가 아무런 말없이 관제묘를 떠났다.

하지만 담우천은 관제묘에서 불과 몇 걸음도 채 벗어나지 못했다. 그가 관제묘를 벗어나 막 신법을 펼치려는 순간, 매서운 살기가 사방에서 휘몰아쳐 왔던 것이다.

담우천이 자세를 고쳐 잡았다.

"포위하라!"

누군가의 목소리가 터져 나왔다.

동시에 숲 속에서 수십 명의 백의인들이 일제히 튀어나왔다. 그중 한 명의 얼굴이 낯익었다.

"저놈입니다!"

중년 사내, 임두생이 담우천을 가리키며 악을 썼다.

"철혈권마와 함께 있었던, 마두의 종자가 바로 저놈입니다!"

담우천은 한숨을 내쉬었다.

일이 귀찮아지고 있었다.

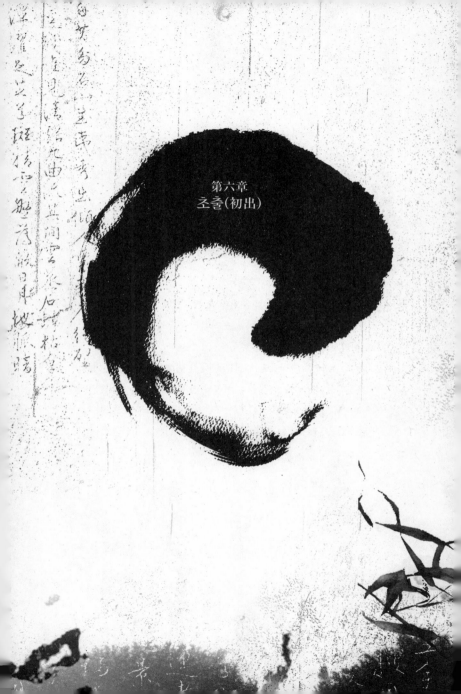

第六章
초출(初出)

그러니 그것은 정파, 사파를 가릴 게 아니었다.

살다 보면 어디를 가든, 어느 조직이든 임두생 같은 자가 있게 마련이었다.

한 번 해 버린 거짓말을 진실로 만들기 위해서 다시 수십 차례의 거짓말을 하는 자. 양심을 저버리고 자기 자신까지 속이는 자. 자신의 목적을 달성하기 위해서는 수단 방법을 가리지 않는 자.

담우천은 다시 한 번 한숨을 내쉬었다.

1. 미행

고 노대가 죽기 며칠 전.

그의 부탁을 받은 황계의 무한지부는 세 명의 사내를 담우천의 장원으로 보냈다. 그들은 추격과 감시, 은신, 잠입 등의 수법에 특화된 인물들이었다.

세 명의 사내는 장원 주위를 맴돌다가 무투광자와 이매청풍이 장원을 떠나는 걸 보고는 그 뒤를 밟기 시작했다.

그들의 행사는 매우 은밀했다.

하루에 두 번씩 변장을 했으며 한 사람씩 계속 번갈아가며 무투광자와 이매청풍을 미행했다.

한 사람이 한 시진 이상 뒤를 밟는 경우는 없었다. 어느 정도 시간이 흐르면 다음 사람과 교대를 했고 무투광자들이 움직이는 동선을 예측하여 미리 앞서가 대기했다.

무투광자와 이매청풍은 매우 예리하고 날카로운 직감력을 지니고 있었으며 눈썰미 또한 뛰어났다. 그들이 꼬리를 밟힌다는 건 거의 있을 수가 없는 일이었다.

하지만 황계의 세 사내는 매우 치밀하고 은밀하게 그들을 미행했다. 그렇게 약 열흘 간의 미행을 통해 마침내 세 사람은 안강의 모옥들을 확인할 수 있었다.

두 사람은 안강 마을에 남았다.

불과 며칠 만에 그들은 원래 안강 마을 사람이었던 것처럼 그들 사이에 녹아들었다. 두 사람은 그곳에서 살아가면서 무투광자와 이매청풍에 대한 감시를 계속해 나갔다.

반면 다른 한 사람은 곧바로 무한지부로 돌아가 보고를 했고 무한지부의 지부주는 다시 고 노도에게 연락을 취하려 했다.

그러나 이때는 이미 고 노대가 자결한 후였다. 며칠을 기다렸지만 결국 고 노대와 연락이 되지 않자, 무한의 지부주는 그 모든 상황을 정리하여 사천 성도부의 십삼매에게 전서구(傳書鳩)를 날렸다.

그렇게 황계 무한지부의 지부주가 전서구를 성도부를 향

해 날린 것은 담우천이 중경 외곽 서쪽의 관제묘에서 이십여 명의 백의인에게 둘러싸인, 바로 그 시각에 일어난 일이었다.

2. 살인멸구

마대운은 관제묘의 부자(父子)가 어딘지 모르게 수상쩍다고 생각했다. 비록 겉으로 보기에는 시골 촌로와 촌부처럼 보였지만 그들의 전신에서 은은하게 풍겨 나오는 기도는 예사롭지 않았던 것이다.

그래서 마대운은 수하들을 물리는 척하면서 수풀에 숨어그들의 움직임을 감시했지만 시간이 흘러도 별반 특별한움직임은 없었다.

'흠, 내가 너무 과민했던 건가?'

결국 마대운은 그렇게 생각하며 감시를 풀었다.

그리고 수하들과 함께 중경으로 되돌아가던 참에, 중경쪽에서 관도를 따라 달려오는 수십 명의 태극감찰밀원을만날 수가 있었다.

그들 중에 임두생이라는 자가 있었다.

임두생에게 담우천에 대한 인상착의를 전해 듣는 순간마대운은 저도 모르게 관제묘의 사내를 떠올렸다.

"왼손에 붕대를 감고 있었습니다."

임두생의 그 말은 마대운에게 확신을 주었다.

"확실한가, 놈이 철혈권마의 수하인 게?"

마대운이 재차 물었다.

순간 임두생은 내심 움찔거렸다. 담우천이 철혈권마와 관련이 있다는 증거는 전혀 없었으니까. 양심이 켕기는 것은 당연한 일이었다.

"물론입니다."

그러나 임두생은 거짓말을 하기 시작했다.

"놈이 부상당한 제 아우를 향해 살수를 펼치는 걸 직접 봤습니다. 놈이 아니었으면 제 아우는 살 수 있었을 겁니다!"

그는 울분에 찬 목소리로 소리쳤다.

결국 철혈권마의 격산타우에 격중당했던 그의 아우가 죽은 모양이었다.

물론 그 과정에 있어서 담우천이 한 건 아무것도 없었지만, 임두생은 눈가에 살기까지 번들거리면서 외치고 있었다. 그는 지금 흥분과 격정에 취해 지금 자신이 하는 말이 진실이라고, 그렇게 스스로 믿고 있는 듯했다.

마대운은 임두생의 이야기를 들으며 고개를 끄덕였다.

"역시 수상했다니까. 내 감이 틀릴 리가 없지."

그는 새로 합류한 무리까지 이끌고 다시 관제묘로 돌아
갔다.

여전히 관제묘의 불빛은 멀리서 확인할 수 있었고 벽에
등을 기대고 앉아 있는 두 명의 모습도 볼 수 있었다. 마대
운은 사람들을 관제묘 주변에 배치했다. 그리고 막 관제묘
안으로 들어서려는 순간이었다.

담우천이 자리에서 일어나더니 밖으로 걸어 나왔다. 모
양새를 보아하니 늙은 아비라는 자를 두고 홀로 길을 떠나
려는 것 같았다.

'역시 부자지간이 아니었다.'

마대운의 눈가에 회심의 기색이 스며들었다. 담우천이
움찔하는 모습이 보였다. 이쪽의 기척을 눈치챈 모양이었
다. 마대운이 크게 소리쳤다.

"포위하라!"

동시에 숲 속에서 이십여 명의 태극감찰밀원이 뛰쳐나가
담우천을 에워쌌다.

"저놈입니다!"

임두생이 그를 보고 고함을 내질렀다.

"철혈권마와 함께 있었던, 마두의 종자가 바로 저놈입니
다!"

마대운이 몸을 일으켜 천천히 앞으로 걸어 나갔다. 담우

천이 한숨을 쉬는 모습이 눈에 들어왔다.

'정체가 들통 났다고 생각하나보군.'

물론 담우천은 귀찮아졌다고 생각할 따름이었지만 마대
운은 그의 한숨을 오해하고 있었다.

"철혈권마는 어디에 있느냐?"

그는 닦달하듯 물었다.

사실 철혈권마의 외모는 너무나도 특이했다. 육칠십대의
노인이라고 하기에는 너무나 건장한 체구에 울퉁불퉁한 근
육질의 몸매를 지닌 까닭에, 누구나 한 번 보면 잊을 수가
없는 자가 바로 철혈권마였다.

또 그런 까닭에 마대운은 관제묘의 늙은 촌로가 철혈권
마일 거라는 생각은 전혀 하지 않았다.

그저 담우천의 협박에 의해 어쩔 수 없이 부자지간이라
고 거짓말을 했거나, 혹은 돈과 함께 그렇게 해달라는 부탁
을 받았을 거라는 생각을 할 뿐이었다.

한편 담우천은 마대운의 질문을 무시하고는 임두생을 물
끄러미 바라보았다.

그의 냉정하고 무심한 눈빛이 자신에게 향하자 임두생은
찔끔하는 기색이었다. 담우천은 그런 임두생을 향해 조용
히 입을 열었다.

"내가 철혈권마의 종자라고 했는가?"

임두생은 머뭇거리다가 버럭 소리쳤다.

"그럼 네놈이 철혈권마의 종자가 아니란 말이냐? 혼절해 있던 내 아우의 가슴을 발로 지근지근 밟았던 건 살인멸구(殺人滅口)를 위해서가 아니더냐?"

"내가 그대의 아우를 짓밟았다고?"

"내 눈으로 똑똑히 봤다! 어디서 거짓말을 하려 하느냐!"

담우천은 어이가 없었다.

물론 정파의 인물이라고 해서 모두 착하고 진실한 사람만 있는 것도, 사파에 속한 자라고 해서 모두 천인공노할 악인만 있는 것도 아니라는 걸 잘 알고 있었다.

사실 마대운 정도만 하더라도 정정당당한 정파의 인물이었다. 관제묘의 두 사람을 보고 내심 의심을 품었지만, 완력이나 으름장으로 그 의심을 해결하는 것보다는 관제묘 숲 속에 숨어서 감시하는 것을 택했으니까.

그러니 그것은 정파, 사파를 가릴 게 아니었다.

살다 보면 어디를 가든, 어느 조직이든 임두생 같은 자가 있게 마련이었다.

한 번 해 버린 거짓말을 진실로 만들기 위해서 다시 수십 차례의 거짓말을 하는 자. 양심을 저버리고 자기 자신까지 속이는 자. 자신의 목적을 달성하기 위해서는 수단 방법을 가리지 않는 자.

담우천은 다시 한 번 한숨을 내쉬었다.

더 이상 일이 꼬이지 않고, 귀찮아지지 않으려면 아무 사단 없이 지금의 상황을 해결해야 했다.

하지만 그러기에는 저 임두생이라는 자가 너무나도 고약스러웠다. 저런 놈을 가만히 놔둘 정도로 담우천의 성격이 무던하지도 않았다.

"어쩔 수 없나."

담우천이 조용히 중얼거렸다, 싶은 순간이었다. 그의 신형이 온데간데없이 사라졌다.

"어엇?"

지켜보고 있던 이가 모두 깜짝 놀라며 당황해 할 때, 담우천은 어느새 임두생의 뒤편으로 돌아가 그의 목을 붙잡았다.

임두생의 이가 딱딱딱, 소리를 내고 있었다.

"내가 네 아우의 가슴을 짓밟는 걸 봤느냐?"

담우천은 냉정하게 물었다.

벌벌 떨던 임두생은 죽은 아우가 떠올랐는지 갑자기 마구 날뛰며 소리를 질렀다.

"그렇다! 내가 봤다! 네놈이 내 목을 잡고 협박한다고 해서 내가 오줌이라도 지릴 것 같더냐? 웃기지 마라, 얼른 나도 내 아우처럼 죽여라!"

임두생을 악을 바락바락 써가며 날뛰었다. 담우천은 가만히 그의 이야기를 듣다가 손을 가볍게 움직여 목을 부러뜨렸다. 성난 망아지처럼 날뛰던 임두생이 축 늘어졌다.

일순 장내의 분위기가 달라졌다.

담우천의 전광석화 같은 움직임에 당황해하고 한편으로는 조금 기가 질린 듯한 표정까지 짓고 있던 태극감찰밀원들의 얼굴이 비장해졌다.

그들은 분노와 살기가 가득 찬 눈빛으로 담우천을 쏘아보며 포위망을 좁혔다.

마대운 또한 그들과 다를 바가 없었다. 바로 눈앞에서 수하가 목이 부러져 죽는 광경을 목도한 그는 결코 담우천을 용서하지 않겠다는 듯한 얼굴로 외쳤다.

"뭣들 하느냐, 저 악적을 죽여서 임 형제의 넋을 달래주지 않고!"

기다렸다는 듯이 태극감찰밀원들이 일제히 고함을 내지르며 담우천을 향해 덤벼들었다.

일은 점점 꼬이고 있었다.

그러나 담우천은 이미 마음을 결정한 상태였다.

'모두 죽이면 더 이상 귀찮아질 일도 없겠지.'

살인멸구.

임두생이 외쳤던 그것과는 조금 다른, 더 광오하고 지독한 살육극에 대한 결심.

무심한 표정의 담우천은 자신을 향해 덤벼드는 태극감찰밀원들을 향해 검을 뿌렸다.

새하얀 선이 밤공기를 일직선으로 갈랐다. 그 위로 새빨간 선혈이 폭죽처럼 터져 나왔다.

비명은 없었다.

선 하나가 어둠 사이를 긋고 지나갈 때마다 한 사람씩 목숨을 잃고 쓰러져 나갈 뿐이었다. 담우천은 기계처럼 혹은 오래된 습관처럼 무심히 손을 뻗었고, 함성을 내지르는 이들의 수는 점점 더 줄어갔다.

"뭐, 뭐냐?"

마대운의 눈이 커졌다.

믿을 수 없는 상황이었다. 이곳에 모인 태극감찰밀원은 그가 아끼고 믿는 수하들이었다. 다들 일류급의 무공을 익힌 고수였다.

그런데 저 시골 촌부가 검을 한 번 내지를 때마다 비명한 번 지를 틈도 없이 쓰러지고 있는 것이다.

더더욱 놀라운 일은, 심지어 마대운조차 저자의 검을 따라잡지 못하고 있다는 것이었다. 보이는 건 그저 일직선으로 그어지는 새하얀 빛과 그 뒤를 따라 꽃처럼 피어나는 새빨간 피가 전부였다.

언제 손을 뻗었는지, 뻗은 손을 따라 어떻게 검이 움직이는지, 상대의 목젖을 꿰뚫은 그 검은 어느 순간에 회수되는지 아무것도 볼 수가 없었다.

무극섬사.

빛보다 빠르다는 섬전의 쾌검.

그게 지금 담우천이 수십 명이나 되는 태극감찰밀원을 하나씩 하나씩 해치우고 있는 검식이었다.

3. 마지막 생각

"누, 누구냐, 너는?"

마대운이 더듬거리며 물었다.

함성이 크게 일었던 주변은 어느덧 조용해졌고, 수십 명이 무기를 든 채 서 있던 공간에는 오직 단 두 명만이 우뚝 서 있었다.

마대운과 담우천.

"담우천."

담우천은 그렇게 대답하며 왼손을 힐끗 내려다보았다.

비록 검을 들고 펼친 건 아니었다. 하지만 이번 전투 와중에 계속해서 내공을 모으고 힘을 준 탓인지, 조금씩 아물던 속살이 찢어져 핏물과 고름까지 흘러나와 붕대가 지저

분하게 변한 상태였다.

"담우천······."

마대운은 그의 이름을 뇌까렸다.

들어본 기억이 없는 이름이었다. 믿을 수 없었다. 있을 수 없는 일이기도 했다.

강호의 모든 대소사는 물론이거니와 무림의 모든 고수의 이름과 성격, 특징마저 달달 외우고 있는 태극감찰밀의 당주가 이 정도의 실력을 지닌 고수에 대해서 들어본 적이 없다니.

"강호··· 초출(初出)의 고수인가?"

마대운은 저도 모르게 그렇게 중얼거렸다.

담우천은 대답하지 않았다.

그는 그저 왼손을 내려다보다가 다시 마대운에게로 시선을 돌리며 이렇게 물었을 뿐이다.

"아직도 내가 철혈권마의 종자로 보이는가?"

마대운도 대답하지 않았다.

아니, 그는 대답할 수가 없었다.

그는 담우천이라는 자의 가공할 무위를 직접 견식했기에 알 수 있었다. 그는 제 눈앞에서 그에게 자신의 모든 수하를 잃었기에 느낄 수 있었다.

이 담우천이라는 자의 쾌검은 공적십이마에 비해서 그리

뒤떨어지지 않았다. 아니, 쾌검 그 자체만 놓고 본다면 공적십이마의 한 자리를 차지해도 될 정도로 무시무시한 파괴력을 지니고 있었다.

이런 자가 철혈권마의 종자라? 그럴 리가 없었다.

'적어도 문경은 뛰어넘은 초절정의 고수다. 만벽파, 생사록?'

알 수 없었다.

마대운이 알 리가 없었다. 만벽파나 생사록은 지금의 마대운과 까마득하게 차이가 나는 상승의 경지였다. 그러니 어느 정도의 무위를 갖춰야 만벽파인지 생사록인지 감을 잡을 수가 없었다.

단지 태극천맹의 고수들의 시연이나 자신이 쫓던 공적십이마들의 무공으로 추측컨대, 담우천이라는 자가 심벽을 뛰어넘은 초절정의 고수라는 사실만은 확실했다. 그런 자가 철혈권마의 종자일 리는 없었다.

마대운은 마른 침을 삼키며 입을 열었다.

"그렇다면 철혈권마의 제자인가?"

담우천은 어이가 없었다. 그는 검을 들어 보이며 말했다.

"이 검을 보고도 그런 소리를 하나?"

마대운은 아차, 싶었다.

확실히 철혈권마의 제자가 검법을, 그것도 상승의 쾌검

식을 펼치지는 않을 테니까.

평소라면 금세 눈치챌 일이었다.

그런데 바보처럼 물어보기까지 하다니, 그만큼 마대운이 많이 당황하고 있다는 걸 의미했다. 그는 지금 심리적 공황 상태에 빠져 있는 것이다.

담우천은 앞으로 내민 검을 거둬들이지 않았다.

"미안하다."

그 검끝으로 마대운의 목을 겨누며 말했다.

"그대와는 아무런 감정이……."

'위험하다!'

마대운의 안색이 급변했다.

그는 담우천이 검을 내지르기도 전에 우측으로 몸을 비틀며 피하려 했다.

하지만 마대운은 움직이지 못했다. 이미 담우천의 검이 그의 목젖을 꿰뚫었기 때문이었다.

"없지만 어쩔 수 없다."

담우천의 이어지는 다음 말이 뒤늦게 들려왔다.

'믿을 수… 없을 정도로… 빠르구나…….'

가물거리는 의식의 끝자락에서 마대운은 그렇게 감탄했다. 담우천의 검이 이 장여의 거리를 격하고 마대운의 목젖을 꿰뚫은 건, 불과 반 호흡도 안 되는 그 짧은 순간에 일어난 것이다.

이런 빠른 쾌검이라면…….

마대운은 앞으로 천천히 꼬꾸라지면서 문득 한 가지 기억을 떠올렸다.

'혹시 전설의 무극섬사……?'

그게 마대운의 마지막 생각이었다.

        *   *   *

담우천은 손목을 가볍게 틀어서 검날에 묻은 피와 기름기를 떨쳐 냈다. 그리고 천천히 검집에 넣는 순간이었다. 등 뒤에서 감탄의 목소리가 들려왔다.

"그게 무극섬사라는 놈인가?"

담우천은 몸을 돌렸다.

혈천노군이었다. 그는 언제부터인지 관제묘에서 나와 벽에 등을 기댄 채 구경하고 있었다.

담우천이 그를 똑바로 바라보며 물었다.

"왜? 한번 직접 견식해 보겠소?"

"흠, 호기심이 없는 건 아니다."

혈천노군은 벽에서 등을 떼고는 담우천을 향해 걸어오며 말했다.

"그걸로 금강철마존에게 제법 큰 상처를 입혔다면서?"

담우천은 시인도 부정도 하지 않았다.

"그래서 금강철마존은 한동안 신분을 감춘 채 사천 성도부의 뇌옥에서 부상을 치료해야 했고……."

그랬군. 그래서 그를 찾지 못했던 게야.

거의 이십여 년 전의 기억이 담우천의 뇌리에 새롭게 떠올랐다.

당시 비선의 모든 이가 금강철마존의 뒤를 쫓았다. 중상을 입은 그를 찾아 죽이면 정사대전의 종결이 더욱 빨리 다가올 것이므로.

하지만 하늘로 솟구친 듯 땅으로 꺼진 듯 금강철마존의 종적을 찾을 수가 없었다. 결국 그 뒤를 쫓는 걸 포기하고 계속해서 정사대전에 임했었는데, 지금에서야 그가 어디에 숨어서 부상을 치료했는지 알게 된 것이다.

"하지만 스무 명이나 되는 놈이 달랑 금강철마존 한 명에게 덤벼들어서 겨우 상처만 입힐 정도에 불과했다면… 생각보다 뛰어난 무공도 아닌 것 같아서 말이지."

혈천노군은 어느새 담우천의 정면에 서 있었다. 담우천은 침착하게 대꾸했다.

"열세 명이었소."

"그런가? 역시 어떤 일에든 과장이 섞인다니까."

혈천노군은 피식 웃으며 어깨를 으쓱거렸다.

"당시 듣기로는 비선의 최고 실력자 다섯 명과 구파일방, 오대가문의 노기인 열다섯 명과 싸웠다고 했거든."

"노기인은 일곱 명이었소. 우리는 여섯이 합류했고."

"역시… 사실 금강철마존 혼자서 그 포위망을 뚫고 살아남았기에 우리는 그를 더 경외하고 추앙했는데… 뭐, 어쨌든 말이지."

혈천노군의 입가에서 미소가 사라졌다.

일순 음울한 기운이 그의 깊게 침잠된 눈에서 흘러나오기 시작하더니 순식간에 그의 주변을 어둡고 사이하게 물들였다. 그의 전신에서 항거할 수 없는 사기(邪氣)가 뭉게구름처럼 일어났다.

"설마……."

그는 담우천을 똑바로 주시하며 말했다.

"내 무공이 금강철마존보다 못하다고 보는가?"

조금 전과는 전혀 다른 기세였다. 담우천이 움직일 수 없을 정도로, 아니 호흡조차 하기 힘들 정도로 강렬하고 막강한 기운이 그를 압박해 오고 있었다.

그러나 담우천의 표정은 여전히 변함없었다.

"설마……."

그 역시 금강철마존을 노려보듯 바라보며 입을 열었다.

"이십 년 전의 나와 지금의 내가 똑같다고 생각하시오?"

두 사람의 안광(眼光)이 허공 한가운데에서 마주쳤다. 그 기세만으로 주변 모든 것이 초토화될 정도의 압력이 생겨나고 있었다.

그들은 눈빛만으로 상대의 전력(戰力)을 탐지했다. 지금 몸의 상태가 어떤지, 내공의 수위는 어느 정도인지, 그리고 싸운다면 그 결과는 어찌될 것인지에 대해서.

먼저 입을 연 쪽은 혈천노군이었다. 그는 갑자기 미소를 머금으며 말했다.

"곧 죽게 되어도 배짱을 부리는군."

그는 담우천의 대답을 기대하지도 않았다는 듯이 계속해서 말을 이어나갔다.

"왼손을 보아하니 전력을 다할 몸 상태는 아닌 것 같고, 내공이야 나보다 한참 아래인 듯싶고. 솔직하게 말해서 지금 싸우면 자네는 결코 내 상대가 되지 못해."

담우천은 그제야 입을 열었다.

"물론 실력은 노인장이 더 뛰어날 것이오."

"당연하지."

혈천노군이 어깨를 으쓱거렸다. 하지만 담우천은 냉정한 어조로 말했다.

"하지만 승부는 모르는 법이오."

혈천노군의 눈썹이 꿈틀거렸다. 담우천은 그의 얼굴을 직시하며 말을 이었다.

"나는 강한 자가 이기는 게 아니라 이기는 자가 강한 거라고 배웠소. 그리고 지난 정사대전 당시 몇 번이고 그 사실을 결과로 증명했소."

"그래서……."

혈천노군의 눈빛이 다시 어둡게 가라앉기 시작했다.

"지금도 그런 결과가 나올 것이다?"

"아니오."

담우천은 의외로 고개를 저었다.

"지금 겨룬다면 구 할은 내가 질 게 확실하오."

"그런데?"

"하지만 적어도 노인장의 팔이나 다리 하나 정도는 어떻게 해볼 자신은 있소."

"호오."

"그리고 노인장 또한 그 사실을 이미 알고 있을 것이오."

"흐음."

"그러니 지금 노인장은 굳이 나와 싸워서 그런 손해를 볼 생각이 전혀 없을 것이오."

"왜 없을 거라고 생각하는데?"

"만약 손해를 볼 결심을 했다면 이렇게 긴 이야기를 나누지 않았을 테니까."

담우천은 차분한 어조로 말했다.

"내가 아는 혈천노군은 달팽이처럼 오랫동안 고민하지만 한 번 결정한 일은 내 무극섬사보다 빠르게 해치우는 성격이니까 말이오."

"그건 그렇지. 신중하게 결정하되 한 번 결정하면 뒤도 돌아보지 않는 게 내 신조이니까."

"게다가 노인장에게 있어서 지금의 적은 내가 아니오."

담우천은 그 일대에 처참하게 널브러져 있는 태극감찰밀원들의 시신을 둘러보며 말을 이었다.

"관제묘에서 이야기했듯이 적의 적은 동료라고 할 수 있으니… 차라리 나를 살려두는 게 태극천맹을 상대하는데 더 편할 것이라는 생각을 했을 것이오."

무심한 표정으로 듣고 있던 혈천노군이 씨익 웃었다.

"머리도 잘 돌아가는군그래."

담우천은 담담하게 말했다.

"정사대전에서 끝까지 살아남은 자요."

"그렇지. 당시 지옥 같은 그 전쟁에서 살아남았던 자는 오직 두 부류의 인간뿐이었지. 머리가 좋거나 아니면 운이 좋거나."

혈천노군은 고개를 끄덕였다.

무공이 뛰어난 자도 별 수 없이 죽어갔다. 세상에서 가장 강하다는 자도 결국은 목숨을 잃었다. 전쟁과 무관한 자들도 고래 싸움에 새우 등 터지듯 죽어나갔다.

하지만 머리가 좋은 자들은 살아남았다.

뒤통수를 잘 치는 것도, 남을 속이는 것도 머리가 좋은 자들의 몫이었다. 타인들을 전장으로 내몰고 자신은 안전한 곳에 숨어 있는 것 또한 머리가 좋은 자들의 특권이었다.

그리고 그렇게 살아남은 자들이 지금의 무림을 지배하고 있었다.

"그러니 더 이상……."

담우천이 혈천노군의 상념을 일깨웠다.

"나눌 이야기가 없으면 이만 헤어져야 할 것 같소."

담우천은 진심으로 말했다.

"태극천맹의 추적이 귀찮아지기 전에 말이오."

4. 선물

하지만 담우천의 진심은 통하지 않았다.

이쯤에서 헤어지고 서로 갈 길을 가자는 그의 말에 혈천노군은 능구렁이처럼 웃으며 말했다.

"그래, 서로 갈 길을 가는 게야. 성도부로."

그러더니 결국 그는 담우천의 곁에 딱 달라붙어서 떨어지지 않고 동행을 하기 시작했다.

아쉽게도 담우천이 혈천노군을 떼어낼 방법은 없었다.

그의 폭광질주섬이 아무리 빠른 경공술이라고 할지라도 혈천노군의 혈천비행공(血天飛行空)의 추격을 벗어날 수는 없었다.

또한 담우천의 둔형장신보가 제아무리 은밀하고 완벽한 보법이라고 하더라도 혈천노군의 혈천지둔공(血天地遁功)과 겨룰 수는 없었다.

결국 얼마 가지 못해서 담우천은 혈천노군을 따돌릴 생각을 단념했다. 하기야 그와 함께 동행을 한다고 해서 크게 문제될 것도 없기는 했다.

그러나 그건 담우천의 착각이었다.

혈천노군은 쉴 새 없이 떠들었다. 귀가 아플 정도로, 먹먹해져서 다른 소리가 제대로 들리지 않을 정도로 담우천의 옆에서 쉬지 않고 침을 튀겨가며 입을 놀렸다.

"성도부에는 왜 가는데?"

로 시작된 질문은,

"상처를 보아하니 예사 부상이 아닌 것 같군. 내가 좋은 의생을 소개해 줄까?"

라든가,

"어차피 태극천맹과 원한이 있지 않나? 차라리 이참에 우리 편에 서게. 함께 태극천맹과 싸우는 거야, 어떤가? 내가 좋은 자리를 만들어줌세."

라는 회유는 물론이고,

"우리 심심한데 서로 한 대씩 주고받는 놀이나 할까? 먼저 내가 치겠네. 아, 물론 피해도 되지. 상대를 때리면 계속해서 때릴 수 있지만 상대를 때리지 못하면 공격권은 상대에게 넘어가는 게야. 검을 사용해도 좋고 암기를 펼쳐도 되고. 어떤가?"

라는 식으로 은근하게 비무를 요구하기까지도 했다.

처음에는 순순히 대답해 주던 담우천이었다. 하지만 나중에는 이 노인네와 계속해서 말을 섞다가는 울화가 쌓여 미칠 수도 있겠다는 생각이 들었는지 담우천은 더 이상 그와 대화를 나누지 않았다.

그러자 이번에는 주위 풍광을 둘러보며 떠들기 시작한 혈천노군이었다.

그리고 시간이 지나면서 그는 현 무림의 형국이나 판세 등에 대해서 수다를 떨었고, 또 오대가문과 구파일방의 영향력과 견제 등등에 대해서 심도 깊게 중얼거리기도 했다.

혈천노군이 그러거나 말거나 담우천은 묵묵히, 주위에 아무도 없이 홀로 여행하는 이처럼 굳게 입을 다문 채 움직였다.

만약 성도부까지 열흘 이상 걸리는 여정이었다면 담우천은 아마도 이 여행을 포기했을지도 모른다. 하지만 다행이었다.

관제묘에서 출발한 지 나흘 후 담우천은 저 험한 촉로잔도(蜀路棧道)에 당도했고, 다시 하루를 소비하여 마침내 성도부에 이르렀던 것이다.

"아쉽군, 그동안 우리 서로 꽤 친해졌는데⋯ 벌써 헤어질 때가 되다니 말이다."

멀리 성도부의 성문이 보이는 관도를 따라 걷던 혈천노군이 그렇게 중얼거렸다.

담우천은 저도 모르게 그를 돌아보았다.

진심으로 하는 말인지 확인해 보고 싶었던 것이다. 그러나 마침 혈천노군은 담우천의 반대편으로 고개를 돌린 까닭에 그 얼굴을 볼 수가 없었다.

"나 역시 즐거웠소."

담우천은 정면으로 고개를 돌리며 그렇게 말했다.

'물론 노인장과 헤어지는 건 더 즐거운 일이겠지만.'

그런 속마음까지 드러낼 필요는 없었다.

이제 헤어지면 평생 두 번 다시 만날 이유가 없는 사람에게 불필요한 감정의 찌꺼기를 만들어줄 정도로 담우천이 무례하지는 않았으니까.

어쨌든 그의 말에 혈천노군은 감격했다는 듯이 말했다.

"그래, 자네도 즐거워할 줄 알았네. 그동안 내 넓고 깊은 견문과 학식과 고견에 많은 감명을 받은 것도 잘 알고 있네."

이건 또 무슨…….

"어쨌든 두 번 다시 만나지 못할 수도 있겠지만 말이네. 이렇게 인연이 닿아 교분을 나누고 두터운 우정을 쌓았으니까… 내 자네에게 한 가지 선물을 주지."

"괜찮소이다."

혈천노군의 말에 담우천이 얼른 입을 열었다.

"아니네. 내 성의니까 받아두게."

혈천노군은 딱 부러지게 말했다.

"앞으로 살아가다가 행여 곤란하거나 난감한 일이 생기게 되면 황계를 찾아가게나."

그것은 다시 한 번 거절의 의사를 내비치려던 담우천이 입을 다물 정도로 의외의 말이었다.

'황계?'

설마 하니 황계가 혈천노군과 관련이 있다는 말인가?

황계를 모르는 무림인은 거의 없었다. 원래 황계는 하오문처럼 하류잡배들이 모여 만든 조직으로 정보를 팔아서 세력을 유지하는 곳이었다.

그런 곳이니만큼 정보를 잘 물어올 수 있는 점소이나 기녀들, 마부꾼 같은 하류 인생들이 바로 황계의 조직원이었다. 혈천노군처럼 무림의 절정고수나 영향력이 지대한 자가 황계와 연관되어 있을 리가 없었다.

하지만 혈천노군은 여전히 진지한 어조로 말을 이어나가고 있었다.

"그곳에서 십삼매의 이름을 대면 누군가 자네를 진심으로 맞이해 줄 걸세. 그리고 내 이름을 밝히고 도움을 청하면 반드시 그들은 자네를 도와줄 것이네."

'십삼매?'

담우천은 저도 모르게 그 별명을 되뇌었다.

열세 번째 누이라는 뜻일까. 아니면 그저 별 뜻 없는 별명에 불과한 것일까.

'어쨌든 십삼매라는 별호는 황계에서 꽤 지대한 신분을 가진 사람이겠군. 아니면 황계에서 은밀하게 통하는 암호와도 같은 것 테고.'

담우천이 그런 생각은 하는 동안에도 혈천노군은 계속해서 말을 이어나갔다.

"그게 내 선물일세. 앞으로 자네에게 어떤 어려운 고난이 닥치더라도… 내 선물을 기억하는 한, 반드시 천재일우(千載一遇)의 기회가 생길 것이야."

그렇게 두 사람이 대화를 나누는 동안 어느새 그들은 성도부 성문 앞에 다다랐다.

성도부의 성문을 지키는 관병들의 검사는 형식적으로 이뤄지고 있었다. 게다가 관병들은 담우천이 허리에 찬 검을 보고는 그 형식적인 검사조차 생략하고 그들을 성안으로 통과시켰다.

"그럼 이제 헤어지세."

성안에 들어서서 불과 백여 장도 되지 않아서 혈천노군이 먼저 그렇게 말했다.

담우천이야말로 기다리고 기다리던 말이었다. 그는 손을 모으며 말했다.

"그럼 별래보중(別來保重)하시기를."

혈천노군이 씨익 웃으며 말했다.

"다시 만날 때까지 살아 있기를."

어쩐지 처연한 인사였다. 하지만 또 칼날 위에 앉아서 밥을 먹고 살아가는 무림인들에게 있어서는 그보다 적당한 인사가 없었다.

혈천노군은 몸을 돌려 오른쪽 대로를 따라 걸어갔다. 그는 몸에 맞지 않은 헐렁한 장포를 입은 채 허리를 구부정하게 숙이고 걸었다.

왠지 모르게 우울해 보이는 등이었다.

담우천은 잠시 그 뒷모습을 지켜보다가 왼쪽의 길을 따라 걷기 시작했다. 이내 그의 뇌리에서는 혈천노군에 대한 생각이 사라졌다.

이제 구씨 의생을 찾아야 한다.

第七章
지모(智謀)

목갑 안에 별다른 게 들어 있지 않으면 몰래 집어넣으면 되니까.

조양명은 손바닥을 비비며 생각했다.

사건이라는 건 늘 그렇듯이, 포두가 어떻게 하느냐에 따라서 생기거나 소멸하는 법이니까.

뇌물을 받고 사건을 무마할 수도 있었다. 반면 뇌물을 주지 않는 패씸죄로 걸고 넘어갈 수도 있는 게 일반 현장이었으며, 또 현장을 관할하는 포두의 권한이기도 했다.

1. 삼숙(三叔)

수하들로부터 혈천노군이 왔다는 전언을 들은 십삼매는 맨발로 뛰어나가 그를 반겼다.

"정말 오래간만이에요, 삼숙(三叔)."

평소의 우아하면서도 요염한 모습이라고는 찾아볼 수 없는, 십삼매는 말 그대로 천진난만한 꼬마 아가씨처럼 혈천노군의 목에 매달려 환하게 웃었다.

혈천노군은 그런 십삼매가 너무나도 귀엽고 깜찍하다는 듯이 껄껄 웃으며 그녀를 안아들었다.

"그러니까 몇 년 만이더냐? 육 년, 칠 년? 정말 많이 컸구나, 이제는."

그는 십삼매의 풍만한 가슴을 훑어보고 탱탱한 둔부를 만지작거리면서 그렇게 말했다.

하지만 혈천노군의 얼굴이나 말투에서는 한 줌의 색정(色情)이나 욕정을 찾아볼 수가 없었다. 그야말로 오래간만에 만난 제 딸을 향해 약간 짓궂은 농담을 하는 아빠의 태도, 그대로였다.

"뭐예요, 징그럽게."

십삼매 또한 아빠의 짓궂은 농담에 대응하는 딸처럼 뾰루퉁한 표정을 지으며 제 엉덩이를 만지작거리는 혈천노군의 손등을 찰싹 때렸다.

"아이쿠, 이제는 다 커서 이 숙부가 안아주기에는 너무 부담이 되는구나."

혈천노군은 즐겁게 웃으며 그녀를 내려놓았다. 십삼매는 예의 그 고혹스럽고' 달콤한 웃음을 흘리면서 혈천노군의 손을 잡아 제 집으로 안내했다.

문설주 뒤에서 고개를 내밀고 그 광경을 물끄러미 지켜보고 있던 꼬마 계집아이, 소홍이 화들짝 놀라며 얼른 객청의 차탁으로 되돌아갔다.

그리고는 혈천노군과 십삼매가 들어서자 깜찍한 표정을 지으며 자리에서 일어나 공손하게 인사했다.

"어서 오세요."

혈천노군은 사람 좋은 표정을 지으며 소홍의 머리를 쓰다듬었다.

"정말 세월 빠르구나. 그 울보 계집아이가 이렇게 번듯하고 육감적인 숙녀로 크다니 말이야."

소홍의 얼굴이 살짝 붉어지는 가운데 한편으로는 의기양양한 기색도 스며들었다.

안 그래도 요즘 들어 가슴과 엉덩이에 살집이 오르고 허벅지가 단단해져서, 저잣거리의 사내들이 자신을 몰래 훔쳐보며 침을 흘린다는 사실을 잘 알고 있었다.

그래서 제 몸매에 대한 자신감이 넘쳐흐르는 그녀에게 육감적인 숙녀라는 말은 상당한 칭찬으로 들렸다.

"무슨 말씀이세요, 아직 꼬마 계집이라구요."

십삼매는 웃으며 도리질을 하더니 곧 정색을 하고 소홍을 향해 물어왔다.

"이분 누구인지 알겠니?"

소홍은 머뭇거렸다.

조금 전 혈천노군이 말하기를 육, 칠 년 만에 십삼매를 만난 거라고 했으니, 소홍의 나이 일고여덟 살 때에 만났을 것이다. 하지만 소홍에게 있어서 혈천노군은 전혀 기억이 나지 않는 얼굴의 할아버지였다.

그럴 줄 알았다는 듯이 십삼매가 말했다.

"잘 기억해 두렴. 네 셋째 할아버지가 되시는 분이란다. 존함은 팽요(彭饒), 강호에서는 혈천노군이라는 별호로 불리시는, 이 시대 최강의 고수 중 한 분이시란다."

소홍은 입을 쩍 벌렸다.

비록 어린 나이이기는 했지만 십삼매의 교육을 통해서 무림의 전반적인 상황이나 무림고수들에 대한 지식은 상당한 수준에 올라와 있는 그녀였다.

그러니 혈천노군이라는 별호가 얼마나 거대하고 무시무시한 위명을 지니는지 익히 잘 알고 있었던 것이다.

소홍은 다시 한 번 깍듯하게 인사했다.

"손녀 소홍이 셋째 할아버지를 뵈어요."

혈천노군이 껄껄 웃으며 그녀를 껴안았다.

"이 녀석, 발육이 정말 좋구나. 몇 년 지나면 십삼매 너보다도 더 뛰어난 몸매를 지니게 될 것 같구나."

십삼매가 나무라듯이 혀를 차며 말했다.

"자꾸만 그런 엉뚱한 말씀은 하지 마세요. 안 그래도 요즘 과하게 치장을 하고 나돌아 다녀서 걱정인데 말이에요."

"저 나이 때면 다 그럴 때다. 다른 사람도 아닌 십삼매 너 역시……."

"아휴, 그만하세요."

십삼매는 황급히 손사래를 치며 혈천노군의 입을 막았다. 순간 소홍의 눈빛이 영악하게 반짝였다. 좋은 걸 알게 되었다는 표정이었다.

"너는 들어가 있어."

십삼매의 말에 소홍은 입술을 내밀었다.

"엄마는 툭하면 들어가 있으래."

"엄마라고 하지 말랬지."

"미안해요, 언니."

소홍은 전혀 미안해하지 않는 얼굴로 말했다. 그리고는 혈천노군을 돌아보고는 애교가 철철 넘치는 눈웃음을 지으며 말을 이었다.

"그럼 셋째 할아버지, 나중에 재미있는 이야기 많이 해주셔야 해요."

"허허허, 알겠다."

혈천노군은 이 깜찍하고 영악스러운 꼬마 계집아이가 무엇을 원하는지 잘 알고 있다는 듯이 웃으며 고개를 끄덕였다.

소홍은 십삼매 몰래 혀를 내밀어 보이고는 쪼르르 객청을 빠져나갔다.

십삼매가 그녀의 뒷모습을 보면서 한숨을 쉬며 고개를 설레설레 흔들었다.

"정말이지 커서 뭐가 되려는지……."

혈천노군은 차탁에 앉으며 말했다.

"너도 저랬다."

"삼숙!"

"호기심 많은 말괄량이. 누구에게도 지기 싫어하는 승부욕과 고집을 지녔지. 말썽도 많이 피웠고. 그래서 우리들은 널 어떻게 키워야 하나 꽤나 고민을 많이 했었지."

"무슨 그런 말씀을 하세요."

십삼매는 짐짓 시치미를 떼며 조신하게 말했다.

"저처럼 키우기 쉬운 아이가 어디 있다구요."

"허허허."

"그나저나 먼 길을 오시느라 힘드셨죠?"

십삼매를 차를 따라주며 얼른 화제를 돌렸다.

"응? 아니다."

혈천노군은 느긋하게 등을 기대며 고개를 저었다.

"오다가 재미있는 놈을 만나서 즐겁게 대화를 나누며 왔지. 녀석 덕분에 지루한 줄 몰랐다."

"재미있는 놈이요?"

"그래, 담우천이라는 녀석인데……."

"담우천!"

일순 십삼매의 표정이 딱딱하게 굳어졌다. 혈천노군이

뒤늦게 아차, 하는 얼굴이 되었다.

"이런, 미안하구나."

혈천노군은 표정을 바꾸며 사과했다.

"너도 잘 아는 이름인 게 당연하지. 네 사부에게 중상을 입혔던 자이니까 말이다. 이것 참……."

"아, 아니에요."

십삼매는 얼른 표정을 풀고 온화한 미소를 머금었다.

"그게 언제 적 일인데요. 제가 놀란 건 그 때문이 아니에요."

"그럼 왜 놀란 게냐, 담우천이라는 이름에?"

"요즘 제가 가장 주목하고 있는 사람이었거든요."

십삼매는 짧게 설명하고는 다시 물었다.

"그런데 어떻게 그자와 알게 되셨나요?"

혈천노군은 중경의 객잔에서부터 관제묘, 그리고 성도부로 이어지는 여정에 대해 이야기했다.

십삼매는 아름다운 눈을 반짝이면서 그의 이야기에 귀를 기울였다.

"헤어지면서 네 별명을 언급해 주었다. 행여 스스로 풀지 못하는 일이 생기게 되면 너를 찾으라고 말이지."

혈천노군은 십삼매의 눈치를 살피며 말을 이었다.

"그때 놈을 죽이든 살리든 네 마음대로 하라는 뜻인데…

내가 너무 오지랖을 떤 건 아닌지 모르겠구나."

"아니에요, 정말 잘하셨어요!"

십삼매는 진심으로 말했다.

"삼숙 덕분에 한 가지 고민하던 게 금세 해결되었어요. 정말 고마워요, 삼숙."

그녀는 크게 기뻐했다. 아닌 게 아니라 혈천노군의 한마디는 그녀의 커다란 계획을 완성시키는 마지막 조각이 될 수 있었다.

혈천노군은 의외의 반응에 사뭇 당황한 듯 그녀를 바라보다가 문득 피식 웃으며 입을 열었다.

"이 앙큼한 녀석 같으니라구. 이미 담우천이라는 녀석에 대해 파악해 두었구나. 게다가 나름대로 계획까지 다 세워두고 말이지."

십삼매는 입술을 동그랗게 오므리며 말했다.

"아까 말씀드렸잖아요? 요즘 가장 주목하고 있는 사람이라구요."

"아, 그랬던가? 하여튼 네 이목이 미치지 않는 곳이 어디며 또 네가 꾸미지 못하는 계략이 무엇인지 궁금하구나."

"그게 다 삼숙에게서 배운 것들이잖아요?"

"하지만 이제는 나보다도 더 나은 것 같은데."

"그게 무슨 말씀이세요? 아직 삼숙에게 배울 게 얼마나 많은데요."

십삼매는 애교를 부리며 말했다.

"그러니까 앞으로도 많이 가르쳐 주셔야 해요."

"허허, 이 늙은 숙부의 밑천까지 송두리째 빼앗으려고 하는구나."

혈천노군은 십삼매의 애교가 싫지 않은 듯 즐겁게 웃었다. 그러다가 문득 고개를 갸웃거리며 중얼거렸다.

"그렇다면 말이지. 그 담우천이라는 친구가 이곳 성도부까지 온 것도… 어쩌면 네가 꾸민 계획 중의 일부일지 모르겠다는 생각이 드는구나."

십삼매는 대답 대신 방긋 웃어 보였다.

"이런……."

혈천노군은 제 이마를 툭 치고는 다시 입을 열었다.

"그렇다면 그가 성도부에서 찾는다는 사람이……?"

"이곳 성도부에는 구씨 의생이라고 상당히 뛰어난 의술을 가진 사람이 있거든요."

십삼매는 알 듯 모를 듯 오묘한 미소를 머금은 채 고개를 끄덕이며 말했다.

"담우천이 다친 왼손을 치료하기에는 최적의 의생이라고 할 수 있겠네요."

혈천노군은 벌린 입을 다물지 못한 채 그녀를 바라보았

다. 이윽고 그는 한숨을 쉬며 머리를 설레설레 흔들었다.

"내가 잘못 말했구나."

그는 졌다는 듯이 어깨를 으쓱거리며 말했다.

"나보다 나을지 모르겠다는 말은 취소다. 확실히 나를 능가했구나, 네 지모(智謀)가."

2. 포두(捕頭)

확실히 십삼매의 말이 맞았다.

지금 담우천은 구씨 의생을 찾기 위해서 한 객잔에 들어서고 있었다.

* * *

성도부의 여름은 태양이 작열하고 습도가 높아서 불쾌지수가 상당히 높은 계절이었다. 그래서 사소한 일에도 시비가 붙고 싸움이 자주 일어나는 까닭에 이곳 성도부의 관아는 늘 바쁘게 돌아다녀야 했다.

하지만 포두 조양명(曺揚名)만큼은 달랐다.

그는 휘하의 포쾌(捕快) 두 명과 함께 객잔에서 늦은 식사 겸 술을 마시고 있었다. 꽤나 한가하고 느긋한 자리였지만 사실 지금 조양명의 속은 부글부글 끓고 있었다.

날씨는 무덥고 끈적거렸으며 나온 요리는 맛이 없고 술은 미지근했다. 게다가 포쾌들은 직속상관과 함께 있는 자리임에도 불구하고 싫은 티를 팍팍 내고 있었으니, 어찌 속이 편할 리가 있겠는가.

'이게 다 저 빌어먹을 강만리 때문이다.'

조양명은 술잔을 들며 강만리라는 자를 향해 속으로 저주를 퍼부었다.

'그 개자식은 물론, 개자식의 십팔대 후손까지 빌어먹고 살게 될 것이다.'

원래 조양명은 지난 봄 모종의 사건이 터졌을 당시, 공명심(功名心) 때문에 사건의 증거를 조작하고 가짜 흉수를 만들어서 해결한 적이 있었다. 그로 인해 조양명은 성도부 관아의 영웅이 되기도 했다.

하지만 강만리라는 자가 나서서 진범을 찾고 사건을 해결하는 바람에 외려 조양명은 만인의 손가락질을 받는 상황이 되고 말았다.

조양명은 당시 그 사건으로 인한 징계로 파관면직(罷官免職)을 당할 뻔했다.

그러나 부랴부랴 윗사람들에게 뇌물을 주고 인맥을 통해 손을 쓴 덕분에, 한 달의 정직(停職)으로 징계를 마치고 이번에 다시 복직할 수 있게 되었다.

하지만 복직을 했다고 해서 모든 게 원상태로 돌아갈 리가 없었다.

사람들은 그의 뒤에서 손가락질을 하고 수군덕거렸으며 동료들이나 수하들은 그를 경원시했다. 일감도 주지 않아서 지금처럼 바쁜 시기에도 불구하고 이렇게 객잔에 앉아서 술을 마시고 있었다.

무엇보다 조양명을 더 분노하게 만든 것은, 저 강만리라는 작자는 그 이후로 승승장구하여 지금은 황제를 알현하는 공무(公務)를 지닌 채 북경부로 떠났다는 점이었다.

'그 개자식이 날뛰지만 않았더라도 지금쯤 그 자리는 내 것이 되었을 텐데.'

생각할수록 분통이 터지는 조양명이었다. 그는 연거푸 술잔을 들이켰다.

사실 이런 비참한 상황에서 벗어나려면 뭔가 제대로 된 일을 해결하는 게 최고였다. 그러나 상부에서는 조양명에게 좀처럼 일을 주지 않았다.

"정직되었다가 다시 온 지 얼마 되지 않았으니 조금 느긋하게 지내게."

조양명의 빌어먹을 상관은 그렇게 말하면서 그를 따돌렸다. 그러니 저잣거리나 어슬렁거리고 객잔을 돌아다니며 돈 몇 푼 뜯어내는 것이 요즘 조양명의 하루 일과가 될 수밖에 없었다.

게다가 그의 심복이라고 할 수 있는 포쾌들, 가령 지금 가뜩이나 못마땅한 표정을 지은 채 조양명의 맞은편에 앉아 있는 왕구대(王久大) 같은 녀석마저 그를 알기를 길바닥의 개똥 정도로 취급하고 있었다.

'뭔가……'

조양명은 소리 나게 술잔을 내려놓으며 생각했다.

'뭔가 그럴 듯한 사건이 있어야 해.'

어느 정도 술이 들어간 그의 눈빛이 표독스럽게 변할 때였다.

주렴이 걷히고 한 사내가 객잔 안으로 들어섰다. 언뜻 보더라도 시골 촌부처럼 생긴, 하지만 의외로 허리에 검을 차고 있는 사내였다.

조양명은 아무런 의미 없이 사내를 바라보다가 문득 이채의 빛을 떠올렸다. 사내의 왼손이 붕대로 감겨 있는 게 어딘지 모르게 심상치 않아 보였던 것이다.

대청을 가로지른 사내는 조양명의 앞자리에 앉았다.

점소이가 쪼르르 달려오자 간단한 음식을 주문하고는 그

에게 뭔가 말을 건넸다. 조양명은 귀를 쫑긋거렸다. 사내의 묵직한 목소리가 들려왔다.

"성도부에 구씨 성을 가진 유명한 의생이 있다고 하던데… 혹시 알고 있나?"

점소이는 잠시 생각하다가 고개를 갸웃거렸다.

"글쎄요. 의생과는 그리 친하지 않아서……."

사내는 품에서 은자를 꺼내 점소이에게 건네며 말했다.

"좀 알아봐 주게."

은자를 거머쥔 점소이의 입이 함지박만 해졌다.

"잠깐만 기다리십쇼. 얼른 수소문해 보겠습니다."

점소이는 덩실거리며 돌아섰다.

그 광경을 지켜보던 조양명의 눈빛이 반짝인 것은, 사내가 품에서 은자를 꺼낼 때의 일이었다. 사내의 품에 있는 조그만 목갑(木匣)을 보았던 것이다.

사내의 추레해 보이기까지 한 외양과는 달리 그 목갑은 꽤나 고급품처럼 보였다. 흙먼지 투성이의 낡은 옷을 입은 시골 촌부가 가지고 있기에는 어울리지 않는 물건.

그 목갑을 본 순간, 조양명은 언제나 그랬던 것처럼 빠르게 머리를 굴리기 시작했다.

'먹고 살기 힘든 세상이니 부잣집 담을 넘었을 게야. 값비싼 물건을 훔쳐 나오다가 호원무사(護院武士)와 마주친

게지. 저 왼손의 부상은 그때 입은 거야.'

없는 사건을 만들어내고 상황을 조작하고 가짜 흉수를 잡는 건 조양명의 특기였다.

그가 젊은 나이에 선임 포두라는 직위까지 오를 수 있었던 데에는 그런 능력이 크게 도움이 되었다.

물론 그 능력으로 인해 지금은 이렇게 퇴물처럼 되어버렸지만.

'몇 명 정도가 적당할까? 다섯? 일곱? 흠, 아무래도 많으면 많을수록 좋겠지만 너무 많으면 신빙성이 떨어지지. 다섯이 좋겠어. 그래, 저놈은 다섯 명의 호원무사를 살해한 다음 그 부잣집을 빠져나와 이곳 성도부로 도망친 거지.'

조양명은 사내의 아래위를 훑어보았다. 사내의 검을 본 조양명은 계속해서 머리를 굴렸다.

'검을 가지고 있으니까 청성파(靑城派)… 아냐, 청성파는 너무 가까워서 들킬 위험이 있다. 이곳 성도부에는 청성파 제자들이 많이 출몰하니까.'

조양명은 더 이상 술을 마시지 않았다. 그의 눈동자가 희번덕거렸다.

'그래, 차라리 화산파(華山派)가 낫겠다. 소싯적에 화산파에서 잠깐 검법을 배워 익힌 적이 있는 걸로 하자. 그럼 사건 현장은?'

물론 성도부는 적당하지 않았다. 요 근래 성도부에서의 발언권이 크게 약해진 조양명이었기에 아무래도 성도부에서 사건을 날조하는 데에는 무리가 따랐다.

'그렇다면 중경이 적당하려나? 그쪽에 내가 아는 부자가… 아, 공 대인(大人)에게 연락을 취해서 입을 맞추면 되겠군. 그자라면 아직도 나를 무시하지 못할 테니까.'

조양명은 내심 흐뭇해했다.

이 정도면 대충 제법 커다란 사건 하나가 만들어진 게다. 중경 공 대인이 가장 아끼는 물건을 훔치고 다섯 명의 호위 무사를 살해한 후 도망친 자. 물론 잡히면 사형이고, 사형수를 잡은 공로면 일계급 특진도 가능했다.

'자, 그럼 가장 중요한 것. 저 목갑 속에 뭐가 들었나 확인하는 일만 남았군. 사실 뭐 중요한 게 들어 있지 않아도 상관은 없지만 말이야.'

목갑 안에 별다른 게 들어 있지 않으면 몰래 집어넣으면 되니까.

조양명은 손바닥을 비비며 생각했다.

사건이라는 건 늘 그렇듯이, 포두가 어떻게 하느냐에 따라서 생기거나 소멸하는 법이니까.

뇌물을 받고 사건을 무마할 수도 있었다.

반면 뇌물을 주지 않는 괘씸죄로 걸고 넘어갈 수도 있는

게 일반 현장이었으며, 또 현장을 관할하는 포두의 권한이
기도 했다.

이윽고 모든 계획을 완벽하게 구상한 조양명은 자리에서
일어났다. 그의 수하들, 왕구대와 또 다른 포쾌가 눈살을
찌푸렸다.

'이제 다 마신 게냐?'

'빌어먹을, 줄을 잘못 섰다가 이게 무슨 창피람? 차라리
강만리를 끝까지 따라갔어야 하는 건데.'

그러한 생각들이 포쾌들의 얼굴에 고스란히 드러나고 있
는 가운데, 조양명은 곤봉을 꺼내 들어 손바닥에 툭툭 치면
서 사내에게 접근했다.

3. 압송(押送)

물론 객잔에 들어선 시골 촌부는 담우천이었다.

담우천은 점소이가 구씨 의생에 대한 정보를 물어오는
동안 국수와 만두를 먹으며 요기를 때우고 있었다.

그때 음험한 눈빛을 지닌 포두 한 명이 어슬렁거리며 걸
어왔다.

담우천은 무심한 얼굴로 그를 쳐다보았다. 포두는 육각
곤봉으로 손바닥을 탁탁 내려치면서 담우천의 앞까지 걸어

오더니 오만한 표정을 지으며 입을 열었다.

"어디서 왔나?"

담우천은 차분하게 말했다.

"중경에서 왔소."

호오.

포두의 눈빛이 반짝였다.

이렇게 기묘한 일이 어디 있겠는가. 이건 하늘이 그에게 내린 기회였다. 약 일각 가량 끙끙대며 머리를 굴렸던 제 계획과 딱 맞아떨어지는 답변이었던 게다.

포두가 다시 말했다.

"노인은?"

노인(路引)은 관청에서 타 지역으로 가는 장사치나 사람들에게 여행을 허락한다는 문권(文券)으로, 일종의 여행증명서인 이 노인이 없으면 한 지역에서 타 지역으로 이동할 수가 없었다.

물론 담우천에게 그런 게 있을 리가 없었다.

담우천은 잠시 포두를 쳐다보다가 검을 탁자 위에 올려놓았다.

당시 관례대로 자신은 무림인이니 노인 같은 걸 소지하지 않는다, 라는 의미를 지닌 행동이었다.

하지만 지금 담우천의 눈앞에 서 있는 포두에게는 그런

관례가 통용되지 않았다.

"노인도 없이 함부로.타 지역으로 이동하는 건 불법이라는 걸 알고 있겠지?"

포두는 눈을 부라리며 으름장을 놓았다.

'이 포두 녀석…….'

담우천은 내심 한숨을 쉬었다.

'알고 보니 뇌물을 원하고 있는 게로군.'

어느 곳을 가더라도 이런 놈들이 꼭 있었다. 은자 몇 냥을 얻기 위해서 있는 죄 없는 죄 다 들먹거리면서 손을 벌리는 관인(官人)들.

포두 뒤에서 엉거주춤 서 있는 포쾌들의 얼굴에도 낯 뜨겁다는 표정이 새겨져 있었다. 그들 또한 상관의 이 대책 없는 탐욕에 기가 질린 것이리라.

담우천은 조용히 품에서 은자를 꺼내 탁자 위에 내려두었다. 열 냥 정도의 묵직해 보이는 은자였다.

'이거면 되겠지.'

담우천이 내심 그렇게 생각할 때, 그의 머리 위에서 벼락 같은 호통이 떨어졌다.

"잠깐만!"

포두는 두 눈을 예리하게 빛내면서 곤봉으로 담우천의 품을 가리켰다.

"방금 그 품안에서 본 목갑은 뭐지? 왠지 모르게 낯이 익은 물건이다!"

담우천은 어처구니가 없어서 포두를 쳐다보았다. 포두는 기억을 더듬는 것처럼 눈을 가늘게 뜨고 생각하다가 옳거니! 하면서 입을 열었다.

"그래! 작년 중경의 공 대인 댁에서 본 것과 똑같은 목갑이다. 설마 네놈은……?"

그의 말에 포쾌들의 표정 또한 달라졌다. 삐딱하게 서 있던 그들은 재빨리 자세를 고쳐 잡으며 언제든지 담우천을 공격할 태세를 취했다.

담우천은 천천히 입을 열었다.

"내 아우가 선물한 것이오."

"아우? 설마 네 아우가 공 대인이라는 건 아니겠지?"

"공 대인이라니, 생전 처음 들어보는 이름이오."

"흥! 네가 정 그렇게 나온다면… 그 목갑 안에 뭐가 있는지 확인해 보자꾸나."

담우천은 망설였다.

이 작자가 왜 이런 시비를 걸어오는지 도통 감을 잡을 수가 없었던 것이다.

담우천이 망설이는 걸 본 포두는 더욱 기세가 등등하여 소리쳤다.

"어허! 나랏법의 기강이 바로 서 있고 엄하거늘, 그 국법을 봉행(奉行)하는 관인의 명령을 얼른 받들어 모시지 못할까?"

담우천은 잠시 포두를 바라보았다.

예전부터 일반적으로 관인들은 무림인을 건드리지 않으려 했다.

자칫 다툼이 생겨 싸움이라도 벌어지면 무림인의 칼 아래 고혼(孤魂)이 되기 쉬웠고, 또한 한 명의 무림인을 잡기 위해서 수백 명의 관병을 출동시켜야 하는 번잡함과 번거로움을 초래했기 때문이었다.

그러니 이렇게 대놓고 무림인과 다툼을 벌인다는 것은 뭔가 놈이 원하는 게 있기 때문이었다. 그렇다고 딱히 누군가의 사주를 받은 것 같지도 않았다.

'은자도 싫다? 그렇다면……'

관인에게 있어서 가장 중요한 것은 돈과 권력이었다. 그런데 돈은 쳐다보지도 않았으니, 이 포두가 원하는 것은 권력일 게다.

포두가 더 높고 강한 권력을 잡기 위해서는 아무래도 보다 많은 사건을 해결하는 방법이 가장 빠른 지름길이었다. 그렇다면 지금 이 포두는 담우천을 이용해서 뭔가의 사건을 해결하고자 하는 것이리라.

거기까지 생각이 미친 담우천은 문득 저도 모르게 피식 실소를 머금었다. 조금 전 포쾌들이 보여주었던 행동이 떠올랐던 것이다. 상관에 대한 존경과 신뢰를 잃어버린 듯한 표정도 기억났다.

'그렇군. 무슨 일 때문인지는 몰라도 크게 신용을 잃었던 포두가 외지에서 온 나를 옭아매서 만회를 해보겠다는 심보였어.'

담우천은 그제야 왜 저 음험하게 생긴 포두가 이렇게 국법까지 운운하면서 기세등등하는지 이유를 알 것 같았다.

하지만 이유를 알게 되었다고 해서 해결 방법마저 알게 되는 건 아니었다.

만일 저 포두가 자신을 단단히 옭어매려고 생각했다면 쉽게 끝날 문제가 아니었다. 게다가 담우천은 관아와 얽히면 안 되는 일도 있었다.

어쨌거나 그는 정주 아문 추관의 큰아들을 살해한 죄명으로 수배를 당하고 있는 몸이 아니던가.

담우천은 잠시 생각을 하다가 순순히 목갑을 꺼냈다. 지켜보는 포두의 눈빛이 영활하게 빛났다. 목갑을 열자 비단 천이 보였고, 비단 천을 풀자 어른 손만한 크기의 산삼이 자태를 드러냈다.

무투광자가 고생 끝에 구해온 만년설삼이었다.

"이건……."

전혀 뜻밖의 물건이 목갑 안에서 나오자 포두는 잠시 망설이는 기색이었다. 하지만 그는 곧 담우천을 가리키며 소리쳤다.

"이건 공 대인이 그토록 아끼던 백 년 묵은 장백삼(長白蔘)이 아니더냐? 역시 네놈은 도둑이 틀림없으렸다!"

담우천은 묵묵히 비단 천을 싸서 다시 목갑을 품에 넣었다.

포두가 입에 거품을 물었다.

"다시 꺼내라! 어디서 증거 인멸을 하려 드느냐?"

그때, 구씨 의생에 대해 알아보려고 밖에 나갔던 점소이가 헐레벌떡 돌아왔다.

"어르신, 알아냈……."

점소이는 담우천을 향해 소리치려다가 그만 눈앞에 벌어진 광경에 얼어붙은 듯 꼼짝하지 못했다.

담우천이 그를 돌아보며 물었다.

"찾아봤는가?"

점소이는 포두를 힐끔거리며 힘들게 입을 열었다.

"복운방(福運坊) 거리에 가면 구가의방(丘家醫房)이라고 있답니다. 성도부에서 구씨 의생이라면 오직 그 구가의방의 젊은 주인뿐이라고……."

"고맙네."

담우천은 천천히 자리에서 일어났다. 포두는 물론이고 포쾌들마저 주춤거리며 뒤로 물러섰다.

"뭐, 뭐하는 짓이냐? 지금 감히 국법을 봉행하는 관인들을 향해 덤벼들려고 하는 게냐?"

포두가 버럭버럭 소리쳤다. 하지만 그의 눈가에 스며든 두려움과 난망함은 쉽게 감출 수가 없었다.

"아니오."

담우천은 고개를 저으며 말했다.

"지은 죄 인정할 테니 어서 나를 관아로 압송하시오."

일순 포두 조양명의 눈이 휘둥그레졌다. 이 시골 촌부가 이렇게 나올 줄은 꿈에도 생각하지 못했던 것이다.

'한바탕 다툼이 일고 그 와중에 포쾌 녀석들을 죽이거나 크게 다치게 만들어야 일이 더 커지는데.'

원래 일이 커질수록 돌아오는 공 또한 커지는 법이다.

그런 까닭에 조양명은 뜻하지 않게 시골 촌부가 제 죄를 인정했음에도 불구하고 아쉬운 마음을 감출 수가 없었다. 그래서였을지도 모른다, 제 뒤에 서 있는 포쾌들에게 벼락처럼 고함을 내지른 것은.

"어서 압송하지 못하고 뭣들 하느냐? 이 죄인이 죄를 인정하지 않았느냐?"

포쾌들은 눈을 끔뻑거리다가 황급히 허리의 포승줄을 풀러 담우천의 손을 꽁꽁 묶었다. 그리고 담우천의 검과 목갑을 압수하고는 밖으로 끌고 나갔다.

조양명은 그 뒤를 따라 의기양양하게 걸어 나갔다. 그 와중에도 그의 머리는 빠르게 회전하고 있었다.

'관아에 당도하자마자 중경 공 대인에게 연락을 취해야겠지? 그리고 이 녀석에게 더 큰 죄를 씌우려면⋯⋯.'

그러던 와중에 조양명은 문득 고개를 갸웃거렸다.

'가만 있자.'

이상한 느낌이 그의 뇌리를 스친 것이다.

'이 녀석, 진짜로 공 대인의 집을 턴 게 맞나?'

그렇지 않고서야 순순히 제 죄를 인정할 리가 없었다.

거짓으로 죄를 씌우려고 했는데 알고 보니 진짜 도둑놈이었던 게다. 어쩌면 이거야말로 소 뒷걸음질 치다가 쥐를 잡는 형국이 아닐까.

뒤늦게 그 사실을 깨달은 조양명의 얼굴에 흥분의 기색이 번지기 시작했다.

'나⋯ 진짜로 명포두일지도 몰라.'

그런 턱없는 자신감과 대책 없는 당당함 때문이었을까. 조양명이 허리를 꼿꼿하게 편 채 관아를 향하고 있을 때였다. 포쾌들에 이끌려 걸어가던 담우천이 문득 걸음을 멈추고 뒤를 돌아보았다.

 그것은 인적이 드문 골목길에 접어드는 순간의 일이었
다.

第八章
명의(名醫)

열린 창 너머에서 바람이 솔솔 불어왔다. 어디선가 소나무 향기가 나는 것 같았다. 남향이라 그런 걸까, 더위도 한결 누그러진 듯했다.

밖은 조용했다. 아이들 떠드는 소리도 들려오지 않았다. 편안하고 고즈넉한 분위기가 넉넉하게 담우천의 공간을 휘감고 있었다.

그렇게 눈을 감고 있던 담우천은 저도 모르게 잠들고 말았다. 다시 그가 눈을 떴을 때는 이미 한밤중이었다.

1. 살기(殺氣)

예사롭지 않은 담우천의 눈길에 조양명은 저도 모르게 움찔 놀라 걸음을 멈췄다.

"네 이름은?"

담우천의 냉정하면서도 묵직한 물음에 조양명은 저도 모르게 순순히 대답했다.

"조, 조양명……."

담우천이 그를 주시한 채 가볍게 힘을 주자, 손목을 묶고 있던 포승줄이 썩은 동아줄처럼 투툭, 소리를 내며 끊어졌다.

순간 포쾌들의 눈이 화등잔만 해졌다.

십 년이 넘도록 이 바닥에서 구른 그들이었지만 이렇게 간단하게 포승줄을 끊는 자는 처음 본 것이다.

아무리 힘이 센 장사라 하더라도 세 겹으로 꽁꽁 묶은 포승줄은 끊을 수가 없었다. 애당초 포승줄이라는 게 끊어지지 않도록 만든 것이니까.

담우천은 포쾌들을 향해 손을 내밀었다.

"내놔라."

자신의 검과 목갑을 돌려달라는 게다.

포쾌들은 저도 모르게 주춤거리며 뒤로 물러났다. 하지만 그들은 곧 자신들의 실수를 깨달은 듯 눈동자를 희번덕거리며 소리쳤다.

"어디서 감히 난동을… 컥!"

소리치던 그들은 눈앞에 별이 뜨는 충격과 고통에 그만 단말마의 비명을 내지르며 쓰러졌다.

담우천의 손이 보이지 않을 정도로 빠르게 그들의 이마를 가격한 것이다.

그 광경을 본 조양명이 놀라 소리치려 했다. 하지만 그의 입에서 흘러나오는 목소리는 부들부들 떨리고 있었다.

"주, 죽였다. 감히 국법을 봉행하는 포쾌들을 죽이다니… 네, 네놈은……."

"죽이지 않았다."

담우천은 쓰러진 포쾌들에게서 검과 목갑을 회수하며 말했다.

"이깟 일로 사람을 죽인다면 세상 사람들이 남아나지 않을 것이다."

그는 조양명을 돌아보았다.

그야말로 바라고 바라던 상황이 벌어졌지만 외려 조양명은 잔뜩 겁에 질려서 꼼짝도 할 수 없었다. 마치 산길을 걷다가 우연히 호랑이와 마주친 것처럼, 조양명은 담우천의 시선 앞에서 어떻게 할 줄 몰라 했다.

담우천은 냉정한 목소리로 물었다.

"왜 나를 노렸지?"

조양명은 대답하지 못했다. 가뜩이나 무더운데 식은땀이 그의 목덜미를 흠뻑 적시고 있었다.

"죽고 싶나?"

담우천의 목소리는 저승사자의 그것처럼 조양명의 뇌리에 울려 퍼졌다.

조양명은 황급히 도리질을 했다. 예서 개죽음을 당하려고 지금껏 아등바등 살아온 게 아니었다.

"살고 싶나?"

이번에는 재빨리 고개를 끄덕였다. 입술이 얼어붙어서

말이 나오지 않는 상황이니 행동이라도 재빠르게 해야 살아남을 것 같은 게다.

"살려주면… 다시 나를 노릴 건가?"

담우천은 살기를 한가득 드러내 보이며 물었다. 일순 조양명의 얼굴이 순식간에 창백하게 변했다.

공포.

일반 사람은 견디기 힘들 정도로 온 몸을 죄여오는 공포와 두려움. 등골이 오싹거릴 정도로 머리가 쭈뼛 설 정도로 스산한 한기. 심장이 오그라드는 느낌.

그게 바로 살기였다.

예서 조금만 더 살기를 진하게 내뿜는다면 조양명은 그대로 심장마비에 걸려 즉사할 수도 있었다.

하지만 담우천은 그를 죽일 생각이 없었다.

일반 사람을 죽이는 것과 관인을 죽이는 건 천양지차로 다른 일이었다.

아무리 무림인과 엮이기 싫어하는 관부(官府)라 하더라도 자신들이 무시당하는 건 용납하지 않았다. 만약 그들의 동료가 무림인에게 살해당한 걸 알게 된다면 심지어 군병(軍兵)까지 동원하여 복수를 하려 들 것이다.

그러니 최대한 일을 단순하게 만들어야 했다.

담우천은 조양명이 연신 도리질을 하는 걸 보면서 천천

히 입을 열었다.

"옷을 벗어라."

일순 조양명은 담우천이 무슨 소리를 하는지 이해하지
못한 듯 멀뚱한 표정을 지었다. 담우천은 다시 살기를 드러
내며 말했다.

"옷을 벗으라니까."

또 다시 엄습해 오는 공포와 두려움.

조양명은 호랑이 앞에 선 한 마리 양처럼 부들부들 떨면
서 옷을 벗기 시작했다. 그는 관복을 벗고 관모를 벗었다.
얇은 속옷만이 남자 담우천이 다시 말했다.

"마저 벗어라, 벌거벗으란 말이다."

조양명은 잘못했다고 사과하려 했지만 심장이 마비될
것처럼 엄습해 오는 공포와 두려움 때문에 입이 열리지 않
았다. 결국 그는 닭똥같은 눈물을 흘리면서 속옷까지 벗었
다.

담우천은 기절한 포쾌들을 눈짓하며 말했다.

"이자들의 옷도 모두 벗기도록."

일순 조양명의 뇌리에 불길한 예감이 스며들었다. 담우
천이 무얼 하려고 하는지 알 것도 같았다.

'아니, 절대로 그렇게 할 수 없다구!'

그러나 조양명은 뱀의 아가리를 향해 스스로 걸어 들어

가는 개구리처럼 담우천의 지시를 거부하지 못했다.

그는 왕구대와 다른 포쾌의 옷을 모두 벗겨 나체로 만들었다.

"두 사람 모두 엎드리게 하고, 너도 그 위에 엎드려라."

눈물이 흘러내렸다.

지금 저 시골 촌부는 조양명에게 계간(鷄姦) 흉내를 내라고 하는 것이다.

죽기보다 싫었다. 만약 그 광경을 다른 사람들이 보게 된다면… 그 수치와 굴욕감을 어떻게 감당할 수 있을까.

그러나 담우천의 살기 앞에서 조양명은 어쩔 도리가 없었다. 차라리 죽었으면 했지만 그의 몸은 정반대로 움직이고 있었다.

조양명은 왕구대를 엎드리게 한 후 천천히 그 위에 몸을 실었다.

물론 진짜로 계간을 할 리는 없었다.

담우천 역시 이른바 남색(男色)을 구경하는 취미 같은 게 있지 않았다. 그저 이번 일을 아예 기억조차 하기 싫도록 만들려는 속셈에 불과했다.

"이런!"

담우천이 크게 소리쳤다.

"이 사람들, 도대체 뭐하는 거야?"

골목 바깥의 대로까지 들릴 정도로 커다란 목소리.

그리고 담우천의 추측대로 호기심을 느낀 행인들은 걸음을 멈추고 골목 안을 들여다보았다.

그들의 눈이 휘둥그레졌다.

"뭐야, 저치들?"

사람들이 웅성거리기 시작했고 또 그 바람에 구경꾼들이 점점 더 모여들었다.

그때는 이미 골목 안에서 담우천의 종적은 찾아볼 수가 없었다.

골목 안에는 세 명의 벌거벗은 사내가 벌이는 추접한 광경만이 있었을 뿐이었다.

조양명은 그야말로 죽고 싶었다.

"뭘 봐, 개새끼들아!"

욕설을 퍼붓고도 싶었다. 하지만 그는 아직도 자신의 뒤에 시골 촌부가 서 있다고 생각했다. 그래서 꼼짝도 하지 않은 채 그 수치와 굴욕감에 허우적거려야 했다.

혀를 차는 소리. 킥킥 웃는 소리. 자신이 누구인지 알아보고 한숨을 쉬는 소리. 여자들의 날카로운 비명. 그 모든 소리가 한데 뒤섞여 들려오고 있었다.

"아, 씨발."

굵은 눈물과 함께 욕설이 절로 흘러나왔다.

이후, 조양명은 그 사건으로 인해 관내에서 더욱 따돌림을 받는 처지가 되었다.

그리하여 조양명은 명색은 포두이지만 누구 하나 인정하지도 존경하지도 않는, 혹은 아예 없는 자 취급을 당하는, 그야말로 성도부 관아의 유령 같은 존재가 되고 말았다.

또 그해 겨울 술에 잔뜩 취한 그가 관내에서 동사(凍死)할 뻔한 일이 있은 후, 결국 그는 포두직에서 포쾌로 강등 당하게 된다.

2. 의문(疑問)

구가의방은 아주 허름하고 협소했다. 말이 의방이지, 나무문 입구에 걸린 낡은 깃발이 아니라면 그저 가난한 소작농의 모옥이라고 생각할 정도였다.

문 안쪽으로는 지붕이 있는 통로가 본채와 연결되어 있었는데 그 좁은 통로에 환자 몇몇이 조그만 의자에 앉아서 순서를 기다리고 있었다.

본채의 문은 활짝 열려 있어서 젊은 의생 한 명이 늙은 환자의 맥을 짚고 있는 광경이 고스란히 보였다.

"별거 아닙니다. 더위를 조금 먹은 것 같은데 워낙 건강한 체질이시라 금세 회복하실 겁니다. 차를 많이 드시구요."

젊은 의생은 밝은 목소리로 말했다.

그 음성에는 기이하게도 사람의 마음을 편안하게 만드는 힘이 실려 있어서 늙은 환자가 절로 안도의 표정을 짓게 만들었다.

"진료비는?"

"맥만 짚은 건데요. 그냥 가셔도 됩니다."

"어이구, 매번 고맙습니다. 구 나리."

늙은 환자는 허리를 굽혀 인사하고는 자리에서 일어났다. 구 의생은 통로 쪽을 돌아보며 말했다.

"다음 분 들어오세요."

*   *   *

담우천은 통로의 벽에 등을 기대고 선 채 구 의생을 가만히 지켜보았다.

구 의생은 누구에게나 살가운 미소를 보였고 다정한 목소리를 건넸고 편안하게 행동했다. 실력은 차치하고서라도 그것만으로 충분히 뛰어난 의생임을 알 수가 있었다.

'환자를 편하게 해주는 것처럼 좋은 치료가 없는 법이지.'

담우천이 그런 생각을 할 때, 마침 그의 차례가 왔다.

"붕대를 풀겠습니다."

며칠 동안 갈지 못해서 피와 고름으로 얼룩진 붕대를 보면서도 구 의생은 전혀 눈 하나 깜짝하지 않았다.

조그만 가위로 붕대를 가르고 상처 부위를 확인한 구 의생은 여전히 웃는 낯으로, 하지만 조금은 신중해진 표정을 지으며 담우천을 돌아보았다.

"꽤 중한 부상을 입으셨군요."

담우천은 고개를 끄덕이며 물었다.

"얼마나 걸리겠소?"

"완치까지요?"

"그렇소."

"글쎄요."

구 의생은 담우천을 힐끗 보고는 말을 이었다.

"무림인이신 것 같으니 단도직입적으로 말씀드리겠습니다."

"그러시오."

"뼈가 상하고 근육과 신경이 손상되어서 완치는 아무래도 거의 불가능할 것 같습니다. 만약 만년설삼 같은 귀한

약재라도 있으면 모를까…….″

″가지고 왔소.″

담우천은 품에서 목갑을 꺼내 내밀었다. 목갑 안을 확인한 구 의생의 눈이 커졌다.

″진품이로군요. 이걸 어떻게… 아니, 그것보다 이 약재가 필요하다는 건 어찌 아셨습니까?″

담우천은 담담하게 말했다.

″내 부상을 치료해 주던 무한의 노의생이 그리 말합디다. 만년설삼을 가지고 성도부 구 의생을 찾아가라고 말이오.″

일순 구 의생이 고개를 갸웃거렸다.

″이상하네요.″

″뭐가 이상하오?″

″이 상처에 만년설삼이 필요하다는 걸 알 정도라면 치료법도 잘 알고 있다는 의미, 굳이 저를 찾아오지 않아도 된다는 겁니다. 그 노의생이라는 분이 직접 치료하셔도 큰 차이가 없을 텐데…….″

구 의생의 말에 담우천의 눈빛이 일순 서늘하게 빛났다.

구 의생의 말은 계속 이어졌다.

″게다가 무한의 노의생이 저를 추천하다니요? 사실 절

아는 의생이 있다는 것도 금시초문입니다."

구 의생은 담우천은 바라보며 물었다.

"혹시 그 노의생이라는 분의 성함을 알 수 있을까요?"

"기효의라고 했던가?"

구 의생은 잠시 생각하다가 고개를 저었다.

"역시 처음 들어보는 분입니다."

하지만 구 의생은 곧 씨익 웃으며 말했다.

"뭐 지금 그게 중요하겠습니까? 이 만년설삼이라면 환자분의 상처, 완치시킬 수 있다는 게 더 중요하겠죠."

아니.

담우천은 속으로 중얼거렸다.

'그게 더 중요하지. 왜 기효의가 성도부의 자네를 추천해 줬는지 말이야.'

"기본 치료는 닷새 정도 걸릴 겁니다. 이후 관리만 잘하신다면 한 달 내로 완치될 겁니다."

구 의생은 사람 좋은 얼굴을 하고서 말했다.

"조금 기다려 주실 수 있습니까? 환자분들 다 받은 다음에 따로 치료를 해드리겠습니다."

담우천은 무표정한 얼굴로 고개를 끄덕였다.

"얼마든지."

3. 재회(再會)

담우천은 본채의 침소에 누워 있었다.

평소에는 구 의생의 거처로 쓰면서 중한 환자가 있을 시에는 병소(病所)로 이용하는 곳이었다. 진한 약향이 방 곳곳에 배어 있었다.

구 의생은 진료가 끝난 듯 의방의 문을 걸어 잠갔다. 그리고도 한참 동안이나 방으로 들어오지 않았다.

담우천은 침상에 누워 눈을 감았다.

열린 창 너머에서 바람이 솔솔 불어왔다. 어디선가 소나무 향기가 나는 것 같았다. 남향이라 그런 걸까, 더위도 한결 누그러진 듯했다.

밖은 조용했다. 아이들 떠드는 소리도 들려오지 않았다. 편안하고 고즈넉한 분위기가 넉넉하게 담우천의 공간을 휘감고 있었다.

그렇게 눈을 감고 있던 담우천은 저도 모르게 잠들고 말았다. 다시 그가 눈을 떴을 때는 이미 한밤중이었다.

얼마 만에 이렇게 깊게 잠을 잔 것일까. 그의 몸은 새로운 활력으로 가득 찼고 솔 향처럼 상쾌한 기분이 담우천의 머릿속까지 맑게 만들어주었다.

"마침 깨어나셨군요."

구 의생이 방으로 들어오며 부드럽게 웃었다. 담우천은 가만히 그를 바라보았다.

'이자의 미소, 어디서 많이 본 것 같다 했더니 자하의 그 것과 닮았구나.'

사람을 편안하게 만들어 주는 미소.

조그만 물통과 몇 개의 그릇을 들고 들어온 구 의생은 차 탁을 끌어다가 그 위에 올려두며 말했다.

"먼저 이것부터 복용하세요."

그가 건네는 그릇에는 뿌연 국물과 설삼 조각이 들어 있 었다. 짙은 향이 코를 자극했다.

담우천은 아무런 말없이 설삼 조각을 씹고 국물을 마셨 다. 의술에 문외한이라 할 수 있는 그조차 약재 투성이라는 생각이 들 정도로 진한 약향을 내는 국물이었다.

"만년설삼을 반으로 잘라서 그것을 기본으로 하여 서른 여섯 가지 약재를 더 첨가해서 닭 삶듯 푹 고아서 낸 물입 니다. 오장육부의 기능을 강화시키고 쇠약해진 정기를 보 충하는데 뛰어난 효능을 보이죠."

구 의생은 빈 그릇을 차탁에 내려놓으며 말을 이었다.

"먼저 운기조식을 하셔서 그 약효가 빠르게 몸속으로 스 며들도록 하세요. 하하, 무림인들에게는 내공이라는 게 있 어서 정말 치료하기가 수월하다니까요."

"일반 사람이라면?"

"전신 대혈에 침을 놓아서 약효가 빠르게 퍼지도록 도와줍니다. 무림인 같은 경우에는 운기조식 덕분에 그 과정을 생략하는 겁니다."

거기까지 말한 구 의생은 잠시 일이 있다면서 밖으로 나갔다.

물론 일 같은 건 없을 게다. 단지 담우천이 편한 마음으로 운기조식을 하도록 배려하는 것이리라.

담우천은 좌정한 후 운기조식을 시작했다. 천지일여심법을 통해 열린 두 곳의 단전에서 내공이 흘러나와 전신의 기맥을 타고 퍼져나갔다. 그 내력은 조금 전 그가 마셨던 약물과 함께 뒤섞이면서 순식간에 십이주천(十二週天)을 끝냈다.

안 그래도 활력이 넘치고 기분이 상쾌한 상태에서 그렇게 운기조식을 마치자 훨씬 더 몸이 가뿐해지고 머리가 맑아졌다. 왼손의 부상이 아니라면, 이렇게나 완벽하게 정신과 육체의 균형이 조화를 이룬 적은 처음이었다.

기다렸다는 듯이 구 의생이 방으로 들어왔다. 그리고는 차탁 위에 있던 물통을 담우천 가까이 놓아두며 말했다.

"그럼 이제 왼손을 여기에 담그세요."

담우천은 물통을 내려다보았다.

보기에도 역겨울 정도로 새까만 물이 그 안에 담겨 있었다. 게다가 조금 전 마셨던 약물과는 달리 헛구역질이 절로 나올 정도로 고약한 냄새를 뿜어내고 있었다.

어지간한 사람은 이게 무슨 물이냐고 황급히 묻거나 혹은 손을 넣기 망설였을 것이다.

그러나 담우천은 한 치의 망설임도 없이 왼손을 물 속에 담갔다. 일순 담우천은 생천 처음 느껴보는 고통에 놀라 하마터면 저도 모르게 손을 뺄 뻔했다.

그것은 뜨겁게 타오르는 불길 속에 맨 손을 집어넣는 것보다도 더 화끈하고 격렬한 고통이었다. 손의 피부가 녹아내리고 근육과 핏줄, 뼈까지 한꺼번에 지글거리며 타들어가는 고통이 그를 엄습했던 것이다.

하지만 담우천은 손을 빼지 않았다. 신음도 흘리지 않았다. 그저 그는 눈살을 찌푸린 채 미간을 모으고 그 새카만 물을 내려다보았다.

흙탕물처럼, 혹은 밀가루를 잔뜩 푼 진창처럼, 혹은 뜨거운 물에 녹인 고약처럼 그 새카만 물은 끈적거리며 그의 왼손에 엉겨 붙었다. 그렇게 진득진득 달라붙는 과정에서 순간적으로 엄청난 열기를 발산하는 것이다.

"대단하십니다, 그걸 참아내다니요."

구 의생이 진심으로 감탄했다.

"화타활인흑액고(華陀活人黑液膏)라는 겁니다, 그 물은."

그는 검은 물에 대해서 설명하기 시작했다.

"신체에 닿는 순간 발열하며 상처를 치유하는데 그 열기가 너무나도 뜨거워서 어지간한 사람은 그대로 혼절을 하고 맙니다."

구 의생은 어깨를 으쓱거리며 말을 이었다.

"그래서 따로 혼몽료수(昏懜療水)라고도 부르죠, 정신을 잃고 혼절한 상태에서 치료를 하는 약물이라는 의미로."

'화타활인흑액고라.'

담우천은 그 명칭만으로 이 검은 물의 정체를 대충 알 것 같았다.

고(膏)라는 건 원래 피부에 붙이는 약제를 뜻한다. 피부를 통해 약효가 침투하여 상처의 부패를 방지하고 진행 상황을 완화시키거나 혹은 반대로 빠르게 진행시켜서 쉽게 치료하게 만드는 효능을 지니고 있다.

흑액(黑液)은 말 그대로 검은 액체를 뜻할 것이고, 화타활인(華陀活人)은 이 검은 물이 저 전설의 명의(名醫) 화타가 사람을 살리는 것처럼 용한 효능을 가졌다는 뜻이리라.

구 의생은 담우천이 무슨 생각을 하는지 알고 있다는 듯이 고개를 끄덕이며 말했다.

"이 화타활인흑액고를 화타가 만들었다고 전해지기는 한데 그게 사실인지는 모르겠습니다. 하지만 그 효능만큼은 확실합니다."

담우천이 화타활인흑액고의 뜨거운 열기를 참아내는 동안, 구 의생은 그를 다른 곳에 집중시키려는 듯이 계속해서 말을 이어나갔다.

"원래 만년설삼에는 새살을 돋게 하고 소멸된 정기를 생성하는 효능이 있죠. 그것을 기본 바탕에 두고 서른여섯 가지의 약재와 열세 가지의 독물을 혼합하여 만듭니다."

그렇게 만들어진 화타활인흑액고의 효능을 간단하게 표현하자면, 〈탈태환골(奪胎換骨)〉 이 네 글자로 설명할 수 있었다.

"손상된 뼈를 원상태로 돌리고 근육과 힘줄을 단단하게 만들며 새살을 돋게 하는 겁니다. 그러고 보면 확실히 탈태환골과 비슷하지 않습니까?"

구 의생은 그렇게 말하며 웃다가 담우천의 얼굴이 여전히 무표정한 걸 보고는 이내 멋쩍은 표정을 지으며 머리를 긁적였다.

"뭐 그렇다고 해서 탈태환골의 위력까지 지닌 건 물론 아닙니다. 그저 환자 분… 아, 아직 성함도 모르고 있었군요."

"담우천이라고 하오."

"그렇군요. 어쨌든 담 대협의 왼손이 예전 상태로 돌아가는 데에는 큰 무리가 없을 겁니다."

"고맙소."

"고맙기는요. 화타활인흑액고가 제조하기 까다롭기는 하지만 그래도 만년설삼만 있다면 다른 약재들이야 얼마든지 구할 수 있는 건데요."

"궁금한 게 있소."

담우천은 이맛살을 모은 채 말했다.

"그 기효의라는 늙은 의생이 화타활인흑액고의 제조 방법을 알고 있을 가능성이 얼마나 된다고 생각하시오?"

구 의생은 머리를 긁적이다가 대답했다.

"그 처방을 아예 모른다면 만년설삼 이야기를 꺼내지도 않았을 겁니다. 만년설삼을 꺼낸 이상, 처방을 알고 있을 확률이 적어도 칠 할 이상은 될 겁니다."

"알겠소."

담우천이 뭔가 상념에 잠기는 듯하자 구 의생은 더 이상 입을 열지 않았다.

그리고 약 반 시진 가량이 흘렀다.

구 의생은 담우천에게 왼손을 빼라고 말한 후 깨끗한 물과 독한 술로 손을 씻어주었다. 그리고 목면의 붕대로 왼손을 감아주며 말했다.

"아침에 한 번, 저녁에 한 번. 그렇게 닷새 동안 이 흑액고에 손을 담그다 보면 어느 정도 상처가 치유될 겁니다. 그 이후에는 제가 금창약을 조제해 드릴 터이니 하루에 한 번씩 상처 부위에 발라주세요."

담우천은 고개를 끄덕이다가 불쑥 물었다.

"치료비는?"

그러자 구 의생은 평소의 그답지 않게 음흉한 표정을 지으며 되물었다.

"바가지를 씌워도 되겠습니까?"

담우천은 가만히 그를 바라보다가 고개를 끄덕였다.

"얼마든지."

"감사합니다."

구 의생은 안도의 한숨을 내쉬며 말했다.

"사실 일반 사람들에게는 실비로 돈을 받습니다만 그것만으로는 아무래도 운영하기가 힘들거든요. 가끔 이렇게 인심 좋고 주머니 넉넉한 분들을 치료하게 되면 그때 조금 바가지를 씌워서 그 돈으로 운영을 하고 있습니다."

"알겠소. 얼마면 되오?"

"닷새 동안 이곳에 머무실 테니까… 하루에 은자 스무 냥씩 해서 백 냥, 어떻습니까?"

"좋소."

담우천은 품에서 전표를 꺼냈다.

돈이라면 충분했다. 과거 북경부의 도박장에서 획득한 돈의 대부분이 아직도 남아 있었으니까.

담우천은 은자 백 냥짜리 전표 두 장을 내밀었다. 구 의생이 놀라 손사래를 쳤다.

"받아두시오, 내 성의이니까."

담우천은 차탁 위에 전표를 내려놓으며 말했다.

"하하, 이것 참."

망설이던 구 의생이 활짝 웃으며 말했다.

"알겠습니다. 덕분에 좀 더 많은 약을 구비할 수 있겠군요."

담우천은 무심한 눈빛으로 그를 바라보았다.

세상에는 조양명 같은 자만이 있는 게 아니었다. 구 의생 같은 자들도 있었다. 음(陰)과 양(陽)이 모여 세상을 이루는 이치와 같은 것이다.

나쁜 자가 있으면 좋은 자도 있는 법이다.

'그럼 나는……'

담우천은 문득 그런 생각을 떠올렸다.

나는 과연 좋은 자일까, 나쁜 자일까.

*　　　　*　　　　*

하루하루가 느긋하게 흘러가고 있었다.

담우천은 아침과 저녁, 하루에 두 번씩 담가야 하는 화타활인흑액고의 고통도 어느덧 익숙해졌다. 그 시커먼 물에 손을 담그는 횟수가 늘어날수록 그가 느끼는 고통은 반비례가 되었다.

게다가 놀라운 점은 그 시커먼 흑액고가 시간이 흐르면서 점점 맑아지고 있다는 사실이었다.

"화타활인흑액고의 효능이 담 대협의 손에 흡수되고 있다는 증거입니다."

구 의생은 담우천의 붕대를 갈아주면서 그렇게 말했다.

"사흘 후면 새하얀 물이 될 테고 그건 다시 말해서 흑액고의 효능이 다 떨어졌다는 의미입니다. 더 담가봤자 소용이 없는 거죠."

"그렇구려."

담우천은 고개를 끄덕였다.

여전히 구 의생은 바빴다. 워낙 싼 가격에 치료를 해주다

보니 인근의 가난한 이는 대부분 구 의생에게 신세를 지고 있었다.

담우천도 그의 일을 돕기 시작했다. 약재를 가져온다거나 물을 끓인다거나 하는 소소한 일들이었지만 어쨌든 구 의생은 담우천의 도움을 기꺼워했다.

담우천의 경우도 비슷했다. 딱히 대단한 일을 하는 것도 아니고 그렇다고 보람된 일을 하는 것도 아니었다. 하지만 담우천은 구 의생의 일을 도우면서 마음이 평온해지고 부드러워지는 걸 느낄 수가 있었다.

그건 기이하고도 놀라운 경험이었고 또 믿을 수 없는 변화이기도 했다.

무려 사십여 년 동안 오로지 무정함과 냉정함으로 똘똘 뭉쳐 있던 그의 심경이 불과 며칠 사이에, 그것도 골골거리는 환자들의 수발을 드는 동안 변화를 일으키는 것이었다.

담우천은 그런 변화에 당혹해하는 한편 이대로 사는 것도 나쁘지 않다는 생각을 했다.

'나중에 변방으로 돌아가면 조그만 의방이나 하나 열까?'

얼토당토않은 생각까지 하면서 담우천은 구가의방에서의 시간을 보냈다.

그가 이곳에 온 지도 나흘째 되던 날이었다.

이제 화타활인흑액고는 더 이상 흑액고라는 명칭을 사용하기 어려울 정도로 투명하게 변했고 고통 또한 거의 느껴지지 않았다.

담우천의 왼손 또한 눈에 띄게 호전되어 가고 있었다. 손상된 뼈가 아물고 신경과 근육이 단단해졌으며 새살이 돋아나 그 부상 부위를 덮었다. 화상 자국도 거의 완벽하게 사라졌다.

그날 밤이었다.

"이제 거의 회복하신 것 같습니다."

구 의생은 붕대를 새로 감아주더니 한쪽 구석의 약장(藥欌)으로 걸어가 서랍을 뒤지기 시작했다.

잠시 후, 그는 세 개의 금낭(金囊)을 가지고 돌아와 담우천에게 건넸다.

"이건 활인고(活人膏)라는 금창약입니다. 화타활인흑액고와는 효능 차이가 심하지만 어쨌든 외상(外傷)에는 탁월한 효과가 있습니다."

다른 두 금낭에는 신령금단(神靈金丹)과 속명환(續命丸)이 들어 있었다.

구 의생은 신령금단은 내상을 치유하는데 있어서 효능이

뛰어나고 속명환은 정기를 충(充)하고 생기를 보(保)하는 효능이 있다고 말했다.

"그렇다고 해서 말처럼 죽은 자도 되살리는 효능을 기대하시면 안 됩니다."

구 의생은 나름대로 재미가 있는 농담을 했다고 생각했는지 가볍게 웃었다.

하지만 담우천이 아무런 반응을 보이지 않자 곧 그는 쑥스러운 표정을 지으며 말했다.

"죄송합니다. 원래 제가 그런 거에 조금 약합니다. 환자들을 즐겁게 해주기 위해서 이런 저런 농담을 하지만… 대부분 담 대협과 같은 표정을 짓더군요."

담우천은 저도 모르게 미소를 머금었다.

"고맙소."

담우천은 진심으로 말했다.

사실 그는 신령금단이나 속명환이 대단해 봤자 얼마나 대단하겠느냐는 생각을 하고 있었다.

그런 까닭에 담우천은 그 약의 효능보다는, 그런 약들까지 챙겨서 주는 구 의생의 마음 씀씀이에 진심으로 감사하고 있는 것이다.

그때였다.

쾅쾅! 누군가 걸어 잠근 대문을 두드렸다. 구 의생이 인상을 찌푸렸다.

"응급 환자가 생긴 모양입니다."

그는 서둘러 대문을 열었다. 한 명의 노인과 한 명의 여인이 안으로 걸어 들어왔다. 구 의생은 그들을 번갈아 바라보며 물었다.

"환자 분은?"

여인, 눈이 휘둥그레질 정도로 아름다운 그녀가 말했다.

"사람을 만나러 왔어요, 우리는."

구 의생은 어리둥절한 표정을 지으며 물었다.

"환자가 아니라요?"

노인이 피식 웃으며 말했다.

"내가 환자로 보이더냐?"

"아, 아뇨. 앞으로 몇 십 년은 더 사실 것 같습니다."

"그렇지? 이 친구, 마음에 드는 걸."

노인은 구 의생의 어깨를 툭툭 치면서 웃었다. 그러더니 이내 표정을 바꾸며 화제를 돌렸다.

"담우천이라는 녀석, 이곳에 있지?"

구 의생은 머뭇거렸다.

노인과 여인이 좋은 뜻으로 찾아온 건지 아니면 악한 마음을 가지고 온 건지 알 수가 없었기 때문이었다.

그때 구 의생의 등 뒤에서 담우천의 목소리가 들려왔
다.

"내 손님이오."

노인, 혈천마군이 씨익 웃으며 말했다.

"또 만나게 되는군, 자네."

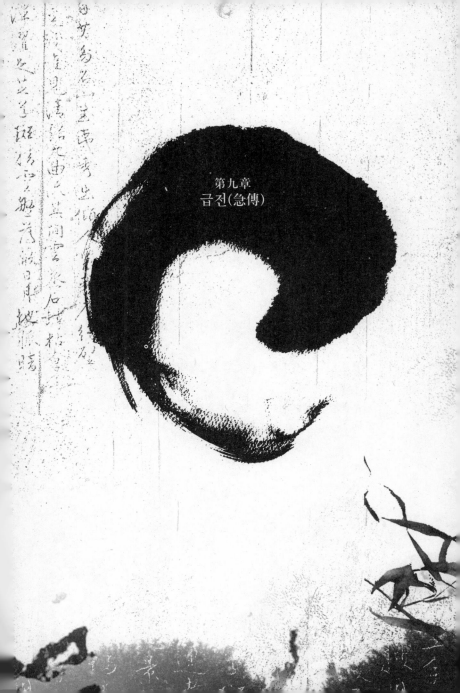

第九章
급전(急傳)

일순 그의 뇌리에 한 가지 기억이 번개처럼 작열했다. 잠시 잊고 있었던, 천자산에서 만났던 그 신비한 복면인들이 떠올랐던 것이다.

정체불명의, 하지만 목숨을 걸고 제갈가와 대항하며 담우천 일행을 도와주었던 자들.

담우천은 지금에 와서야 비로소 그들이 누구이며 또 왜 그들이 그런 행동을 했는지 알 것만 같았다.

1. 형부(兄夫)

달빛은 교교(皎皎)하고 성도부의 밤거리는 한적했다.

한밤중인지라 바람은 서늘했고 더위는 한결 가신 상태였다. 사람 없는 대로를 따라 천천히 산책하듯 걷는 것도 그리 나쁘지 않은 기분이었다.

산책을 제의한 사람은 담우천이었다.

행여 구 의생에게 피해가 갈 일이 생길까 봐 저어한 까닭이었다. 혈천노군과 아름다운 묘령의 여인은 그의 제안을 받아들였다.

세 사람은 그렇게 묵묵히 길을 걸었다. 멀리서 누군가가 구성지게 부르는 노랫소리가 희미하게 들려왔다.

"술 한잔 마셔야 할 것 같은 분위기로군그래."

혈천노군의 말에 여인이 웃으며 물었다.

"그럼 경치 좋은 객잔으로 안내할까요?"

늦은 밤이라 모든 객잔이 영업을 마치고 문을 닫은 지 오래였다. 하지만 혈천노군은 여인의 말을 당연하다는 듯이 받아들였다.

"좋지, 그것도."

여인은 앞장서서 걷기 시작했다. 그리고 얼마 지나지 않아 불 꺼진 삼층 객잔 앞에 이르러 걸음을 멈췄다.

그녀는 굳게 닫힌 문을 두드렸다.

잠시 후, 잠에서 깬 듯한 거친 목소리가 문 저편에서 들려왔다.

"어떤 개자식이야? 영업 끝난 지 오래라구!"

여인은 부드러운 어조로 말했다.

"나예요, 십삼매."

일순 거짓말 같은 정적이 일었다. 그리고는 우당탕탕 소리와 함께 누군가 부산스럽게 움직이는가 싶더니 이내 객잔 문이 열렸다.

"어이쿠, 죄송합니다. 십삼매."

얼마나 급하게 옷을 차려입었는지 앞뒤를 거꾸로 입은

지배인이 공손한 어조로 말했다.

"미안한 건 나죠. 이 늦은 시각에 잠을 깨워서."

"아닙니다. 어서 안으로 들어오시죠."

지배인은 여인, 십삼매와 혈천노군 그리고 담우천을 안으로 안내했다.

"전망 좋은 자리에서 술이나 한잔할까 해서요."

십삼매의 말에 지배인은 허리를 숙이며 말했다.

"삼 층으로 모시겠습니다."

지배인은 사람들을 객잔의 삼 층 창가 자리로 안내한 후 창을 열었다. 성도부의 전경과 밤하늘이 그곳에 있었다.

"조금만 기다리십시오. 맛있는 요리와 술을 가지고 오겠습니다."

지배인은 화등잔으로 자리를 밝히고 서둘러 일 층으로 내려갔다.

담우천은 구가의방에서 나온 이후 지금껏 단 한 마디도 하지 않았다. 십삼매는 그런 담우천을 바라보며 조용히 웃었다.

일순 담우천의 가슴이 두근거렸다.

'닮았다.'

그랬다.

십삼매의 얼굴이나 미소, 눈빛은 담우천의 아내 자하를 닮았다. 같은 씨를 받아 한 배에서 태어난 자매(姉妹)들이라고 해도 믿을 수 있을 정도로 자하와 십삼매는 서로 닮았다.

조용히 미소를 머금고 있던 십삼매가 문득 입을 열었다.

"언니, 잘 계시죠?"

담우천의 눈썹이 꿈틀거렸다. 그는 십삼매를 똑바로 바라보며 물었다.

"그녀를 알고 있소?"

"물론 잘 알죠."

십삼매는 고개를 끄덕이며 말했다.

"비록 언니가 인연을 끊었지만 그래도 어디까지나 제 사촌 언니이니까요."

사촌?

담우천은 그녀를 바라보다가 다시 물었다.

"내 아내가 당신의 사촌 언니인지는 어떻게 알았소?"

십삼매는 가볍게 웃었다. 저도 모르게 자하의 얼굴이 떠오르는 모습이었다.

"저는 십삼매예요."

그녀는 문득 진지한 표정을 지으며 말했다.

"십삼매는 황계의 주인이구요. 그리고 이 세상에서 황계가 모르는 일은 있을 수가 없어요."

담우천은 왠지 그녀의 어감이 이상하다는 생각이 들었다.

'십삼매는 황계의 주인이다. 자신을 그렇게 객관적으로 말하는 사람이 얼마나 될까?'

하지만 그 상념은 짧게 지나갔다. 혈천노군이 그를 향해 물어왔기 때문이었다.

"어떤가, 손은 많이 나왔나?"

담우천은 고개를 끄덕이는 것으로 대답을 대신했다. 혈천노군이 피식 웃으며 중얼거렸다.

"여전히 말이 짧군그래."

"늘 짧기만 한 건 아니오."

담우천이 말했다.

"가령… 왜 황계의 십삼매가 나를 만나고자 했는지 묻고 싶을 때는 지금처럼 제대로 말을 할 줄도 아오."

혈천노군은 어이가 없다는 표정을 지었다. 십삼매가 웃으며 입을 열었다.

"별일은 아니에요. 그저 자하 언니의 남편이, 그러니까 제 형부 되시는 분이 어떤 사람인가 뵙고 싶었을 뿐이에요."

형부.

묘한 울림이 담긴 단어였다.

그러나 담우천의 얼굴은 여전히 무표정했고 그의 눈빛은
무심해 보였다.

십삼매는 그런 담우천의 얼굴을 뚫어지게 바라보며 싱긋
웃었다.

"좋은 분 같네요. 정말 다행이에요."

담우천은 뭐라고 말해야 할지 감을 잡지 못했다. 다행
히 마침 그때 지배인이 술과 간단한 요리를 가지고 올라
왔다.

그는 지금 숙수가 객잔 최고의 요리를 하고 있다면서 잠
시만 기다려 달라고 했다.

"너무 폐를 끼치는 것 같네요."

십삼매가 미안해하자 지배인은 손사래를 치며 정색했
다.

"그게 무슨 말씀이십니까? 외려 십삼매를 모시게 되어
정말 영광으로 생각하고 있습니다."

그의 표정을 보건대 지금 하고 있는 말은 진심이었다. 지
배인은 다시 공손하게 허리를 숙여 인사를 한 후, 서둘러
아래층으로 내려갔다.

십삼매가 술을 따랐다. 혈천노군이 술잔을 들며 담우천

에게 물었다.

"어떤가? 아직도 우연이라고 생각하는가?"

담우천은 고소를 머금었다. 관제묘에서 나눴던 대화가 기억났다.

"우리의 인연을 축하하는 의미에서 내가 먼저 마시지."

혈천노군은 단숨에 술잔을 비웠다.

그는 세 잔의 술을 연거푸 마신 후 잔을 내려놓으며 담우천을 바라보았다. 담우천은 잠시 망설이다가 역시 석 잔의 술을 비웠다.

그리고 십삼매도 조심스러운 자태로 석 잔의 술을 마셨다.

그녀가 우아하게 잔을 내려놓는 모습을 보면서 담우천이 입을 열었다.

"그녀… 자하도 황계의 인물이었소?"

십삼매는 고개를 갸웃거리며 되물었다.

"언니가 아무 말도 하지 않았나요?"

담우천이 묵묵히 고개를 끄덕이자 십삼매는 다시 말했다.

"그렇다면 저도 뭐라고 말씀드릴 게 없어요. 언니에게 이야기를 듣는 게 가장 좋을 것 같으니까요."

맞는 말이다. 아내의 과거 이야기를 타인에게 들려달라

고 말하는 건 확실히 옳지 않은 행동이었다.

담우천은 수긍하고 사과했다.

"미안하오. 내가 잠깐 잘못 생각했소."

혈천노군이 껄껄 웃으며 말했다.

"따지고 보면 다 한집안 사람이라고 할 수 있네. 그렇게 딱딱하게 예의를 갖추지 않아도 되네."

담우천은 그 한마디로 인해 자하가 한 때 황계에 몸을 담고 있었다는 사실을 알 수 있었다.

'그렇다면 나를 만났던 그 시절, 황계를 떠난 게 분명하구나.'

무슨 이유에서일까.

호기심은 사라지지 않았다. 그러나 담우천은 더 이상 입을 열지 않았다. 똑같은 어리석음을 범할 정도로 그는 멍청하지 않았다.

담우천은 묵묵히 술잔을 비웠다. 그때 갑자기 일 층에서 누군가 문을 두드리는 소리가 들려왔다. 지배인이 문을 여는가 싶더니 이내 우당탕탕 하는 소리와 함께 한 사내가 계단을 따라 뛰어 올라왔다.

다급한 표정의 사내는 곧장 십삼매에게 달려오더니 허리를 숙이며 말했다.

"급전(急傳)이 날아왔습니다."

말이 끝나기 무섭게 사내는 십삼매를 향해 공손하게 쪽지를 건넸다.

십삼매는 쪽지를 펼치고 읽어 내려갔다. 일순, 그녀의 얼굴이 새파랗게 질렸다. 쪽지를 들고 있는 그녀의 새하얀 손도 부들부들 떨리고 있었다.

혈천노군이 의아한 듯 물었다.

"무슨 일이냐?"

십삼매는 재빨리 정신을 차리고는 사내에게 수고했다고 말했다.

사내는 꾸벅 인사한 후 다시 아래층으로 사라졌다.

십삼매는 그제야 길게 한숨을 내쉬며 담우천을 쳐다보았다. 그녀의 흔들리는 눈빛에 담우천은 저도 모르게 불안한 기분을 느껴야만 했다.

"큰일이 난 것 같아요."

십삼매가 조용히 말했다. 담우천은 묵묵히 그녀의 다음 말이 이어지기를 기다렸다.

"제갈가에서 언니가 어디 있는지 알아낸 것 같아요. 제갈가의 정예 세력이 천자산을 출발했다는 정보예요."

일순 담우천의 얼굴이 딱딱하게 굳었다.

2. 이해(理解)

머릿속이 텅 빈 것만 같았다. 담우천은 저도 모르게 관자놀이를 짚었다.

　요 며칠 동안의 평온함이 거짓말처럼 사라졌다. 그는 지그시 눈을 감고 차분하게 마음을 가라앉혔다. 초초하고 다급했지만 호흡을 가늘게 쉬면서 냉정함을 잃지 않으려고 했다. 그리고 생각하고 또 생각했다.

　제갈가가 어떻게 알았을까.

　그럴 가능성은 거의 없다고 생각했지만, 고 노대가 제갈가의 염탐꾼이었던 걸까.

　내가 오판한 것일까.

　의문은 꼬리를 물고 이어졌다. 그 와중에 문득 담우천은 기이한 느낌을 받았다.

　'아무리 세상의 모든 비밀과 정보를 주재(主宰)하는 황계라고는 하지만 이건 좀 이상하지 않은가?'

　담우천과 자하가 변방에 숨어 살고 있었을 때에는 단 한 번도 모습을 드러내지 않았던 황계였다.

　그런데 언제부터인가 황계는 담우천과 자하에 관련된 걸 모두 알고 있었다. 또한 그 주변을 철두철미하게 감시하고 있었던 것이다.

　그렇지 않고서야 갑자기 제갈가에 대한 이야기를 꺼낼

리가 없었다.

'제갈가에 대해 감시를 하고 있었다는 것은 곧 우리와 제갈가의 은원 관계를 이미 알고 있다는 뜻이 된다. 그리고 그동안 계속해서 우리를 관찰하고 감시하고 있다는……'

일순 그의 뇌리에 한 가지 기억이 번개처럼 작렬했다. 잠시 잊고 있었던, 천자산에서 만났던 그 신비한 복면인들이 떠올랐던 것이다.

정체불명의, 하지만 목숨을 걸고 제갈가와 대항하며 담우천 일행을 도와주었던 자들.

담우천은 지금에 와서야 비로소 그들이 누구이며 또 왜 그들이 그런 행동을 했는지 알 것만 같았다.

또한 고 노대의 정체도 이제는 알 것 같았다. 그는 제갈가로부터 자하를 안전하게 보호하고 지키기 위해 파견된, 황계의 인물임에 분명했다.

담우천은 십삼매를 바라보며 입을 열었다.

"천자산의 그 복면인들, 역시나 황계의 인물들이었구려."

십삼매는 긍정도 부정도 하지 않았다.

그저 그녀는 조금은 슬프고 우울해 보이는 눈빛으로 담우천을 쳐다볼 따름이었다.

'우리를 도와주려다가 죽은 수하들에 대해 미안하다고 생각하는 건가?'

담우천은 그런 생각을 하면서 다시 물었다.

"고 노대도 황계 사람이었소?"

"그래요."

이번에는 십삼매가 대답했다. 그녀는 그 예쁘고 도톰한 입술 사이로 길게 한숨을 내쉬며 말했다.

"신분을 감춘 채 언니를 지켜봐 달라고 부탁했어요. 행여 제갈가의 놈들이 언니를 기습하게 된다면 반드시 언니를 구해달라고 말했죠."

역시.

"그런데 그게 실수였어요."

십삼매의 눈가에 투명한 물기가 스며들었다. 화등잔의 불빛에 반짝이던 그것은 이내 구슬처럼 동그란 물체가 되어 그녀의 뺨을 타고 주르륵 흘러내렸다.

"설마… 형부에게 잡혔을 때까지 자신의 신분을 이야기하지 않을 거라고는… 그래서 괜한 죽음을 당할 거라고는 전혀 상상하지도 못했으니까요."

으음.

미안하다는 생각이 드는 건 어쩔 도리가 없었다. 적인 줄 알고 고문을 했는데 알고 보니 같은 편이었다는 게다.

"하지만……."

이내 의혹이 생긴 담우천이 물었다.

"그는 자결했소. 우리를 지켜주는 입장에서 굳이 그렇게까지 해야 할 이유가 어디 있겠소?"

"황계 사람이니까요."

십삼매의 목소리에서 자긍심이 넘쳐 흘렀다.

"바보 같아 보이지만, 바로 그런 게 황계 사람이랍니다."

너무나도 융통성이 없어서 단순무식해 보일 정도로 충성심이 강하고 상부의 지시에 절대 복종하는 자들. 십삼매의 명령을 이행하기 위해서 자결까지 불사하는 고 노대. 그게 황계의 조직원들이라고 말하는 것이다.

담우천은 이해가 가지 않았다.

하지만 알 것도 같았다. 비선에 있을 당시 충분히 느끼지 않았던가.

조직에서, 그것도 기강 제대로 서 있고 목적의식이 투철한 조직일수록 상명하복(上命下服)은 절대적 권위를 지니고 있었다.

그러니 고 노대가 십삼매의 명령을 지키기 위해 자결할 수도 있기는 했다.

'하지만…….'

담우천은 그래도 이해가 가지 않았다.

어찌 되었든, 적에게 사로잡힌 상황이 아니잖은가. 같은 편에게 잡혔는데 그 비밀을 엄수하기 위해 자결한다?

역시 이해할 수 없었다.

그때 혈천노군이 화제를 돌렸다.

"나 역시 뒤늦게 알았네. 이 아이가 자네와 자하, 그리고 아이들을 지키기 위해서 심지어는 천자산까지 사람들을 보내 감시하고 있었다는 사실을 말이네."

담우천은 여전히 십삼매를 바라보며 물었다.

"왜 그 사실을 우리게 말하지 않았소?"

"그건……."

십삼매는 망설이다가 입을 열었다.

"자하 언니와 끝이 좋지 않게 헤어졌거든요."

그녀의 말에 담우천은 자하를 처음 만났을 때를 떠올렸다. 당시 자하는 세상의 모든 것을 잃어버린 듯한 눈빛을 하고 있었다.

그것은 담우천도 마찬가지였고, 또 그런 까닭에 그들 두 사람이 급속도로 가까워질 수 있었다.

"지금까지 언니는 저를 원망하고 있을 거예요. 그래서… 언니 모르게 지켜주고 싶었거든요. 또 언니가 알게 된다면 우리의 도움을 거절할 것 같았구요."

그래서… 고 노대에게 끝까지 신분을 숨기라고 한 것인가.

담우천은 십삼매의 이야기를 듣는 동안 조금씩 이해가 가기 시작했다.

"자세한 사정은 언니에게 여쭤보세요. 아무래도 언니에게 직접 듣는 게 나을 것 같으니까요."

담우천은 고개를 끄덕였다. 그리고 자리에서 일어나며 그녀와 혈천노군을 향해 말했다.

"그럼 먼저 자리를 뜨겠소. 양해해 주시기를."

혈천노군이 같이 일어나며 말했다.

"함께 가줄까?"

"됐소. 그럴 필요는 없소."

담우천은 혈천노군의 제의를 단번에 거절하고는 몸을 돌렸다.

하지만 다음 순간 뭔가 생각났다는 듯이 십삼매를 돌아보며 입을 열었다.

"부탁이 있소."

십삼매는 부드럽게 말했다.

"말씀하세요."

"구 의생에게 안부를 전해주시오. 급한 일이 생겨서 인사를 하지 못하고 떠나게 되었다고 말이오."

"그리 전해 드릴게요."

"또 하나."

"말씀하세요."

"두 번 다시… 우리 일에 끼어들지 마시오."

십삼매는 대답하지 않았다. 담우천은 냉정한 눈빛으로 그녀를 뚫어지게 바라보며 말했다.

"나는 다른 사람에게 휘둘리는 것을 가장 싫어하오. 그게 자하의 사촌 동생이 되었든 황계의 주인이 되었든 말이오."

십삼매는 담우천을 쳐다보다가 천천히 고개를 숙였다. 희미한 목소리가 그녀의 입에서 흘러나왔다.

"알겠어요. 그렇게 할게요."

"그럼 이만."

담우천은 몸을 돌려 계단으로 내려갔다. 아래층에서 지배인의 목소리가 들려왔다.

"벌써 가시게요? 이제 막 요리가 준비되었는데……."

"다음에 다시 오겠소."

쿵. 소리와 함께 일 층의 문이 닫혔다. 그리고 이내 담우천의 기척이 사라졌다.

귀를 기울이고 있던 혈천노군이 길게 한숨을 쉬며 고개를 설레설레 흔들었다.

"감이 좋은 녀석이라니까."

십삼매가 웃으며 말했다.

"달리 자하 언니가 선택했겠어요?"

혈천노군은 고개를 끄덕이다가 문득 궁금하다는 듯이 그녀를 보며 물었다.

"그 급전, 미리 준비해 놓은 게더냐?"

십삼매는 아무 말 없이 혈천노군의 빈 술잔에 술을 따랐다. 혈천노군의 얼굴에 기가 막히다는 표정이 떠올랐다.

"설마……."

그는 술을 들이켠 후 입술을 닦아내며 말했다.

"제갈가 쪽에도 손을 써두었던 게고?"

"술이나 드세요."

십삼매는 다시 술을 따랐다. 혈천노군은 그녀를 바라보다가 길게 한숨을 내쉬었다.

"이거… 내가 괴물을 만들어낸 게 아닌가 모르겠다."

"실례예요, 괴물이라니."

십삼매는 방긋 웃었다. 그리고는 화제를 돌려 말했다.

"다른 어르신 분들은 잘 계시죠? 워낙 이것저것 일이 많아서 이제야 안부를 묻네요."

"그래. 철혈 늙은이는 그곳에 콕 박혀서 세월아 네월아

하고 있고… 유령 늙은이는 여전히 바쁘게 돌아다니지."

"삼숙은 이제 어디로 가보실 건가요?"

"글쎄. 소주로 가볼까 생각 중이다. 그 지방에서 은월천계의 주인이 출몰했다는 소문을 들었거든."

"은월천계의 계주 말씀이신가요?"

"그래."

혈천노군은 손깍지를 끼며 진지하게 말했다.

"그를 만나 회유만 할 수 있다면… 태극천맹 따위, 불과 일 년도 안 되어서 무너뜨릴 수 있을 것이니까."

그는 문득 흐흐, 웃더니 십삼매를 바라보며 질문을 던졌다.

"네 계략으로 인해 태극천맹이 무너지는 게 빠를지, 아니면 내 계획으로 무너지는 게 빠를지 궁금하지 않느냐?"

"궁금하지 않아요."

십삼매는 제 술잔에 술을 따르며 조용히 말했다.

"태극천맹만 괴멸시킬 수 있다면 어떤 방법을 쓰든 상관없으니까요. 무너뜨릴 수만 있다면 어느 누가 무너뜨려도 괜찮구요."

왠지 그녀의 목소리가 처연하게 들리는 건 무슨 이유일까. 그녀는 가득 찬 술잔을 들어 핏물처럼 붉은 빛이 감도는 주액을 바라보면서 중얼거렸다.

"그러니 제가 이기든 삼숙이 이기든 궁금하지도 않고 상관도 없어요. 이미 이번 일에 제 영혼까지 팔아버렸는걸요."

철혈노군의 입가에서 미소가 사라졌다.

이미 제 영혼까지 팔아버렸다는 십삼매의 말에 철혈노군은 아무런 대꾸를 할 수 없었다.

우울한 분위기가 그들 주변을 검은 휘장처럼 휘감기 시작했다.

3. 화평(和平)

"비켜라."

담우천은 제 앞을 가로막고 서 있는 자들을 향해 낮게 으르렁거렸다.

가뜩이나 다급한 상황, 심지어 나흘 동안 신세를 졌던 구의생에게 작별의 인사도 하지 못하고 치료도 완벽하게 끝나지 않은 상태에서 무작정 성도부를 떠나 안강 마을로 향하던 참이 아니었던가.

그런데 성도부의 성문을 넘자마자 놈들이 나타나 담우천의 앞을 가로막고 나선 것이다. 당연히 담우천의 입에서 좋은 말이 튀어나올 리가 없었다.

"죽기 싫으면 비켜라."

담우천은 상처 입은 맹수의 눈빛으로 놈들을 노려보았다. 그들은 표정 없는 가면을 쓴 채 유령처럼 서 있었다. 벌써 두어 차례 만난 적이 있는 자들, 바로 은월천사들이었다.

"할 말이 있다."

두 명의 은월천사 중에서 오른쪽의 가면이 입을 열었다. 담우천은 검을 꺼내들며 말했다.

"나는 할 말이 없다."

"들어야 한다."

담우천은 입술을 깨물었다.

놈들과 싸워봐서 잘 안다. 그들을 죽이는 건 어렵지 않으나 적지 않은 시간이 걸릴 것이다. 게다가 만약 그들이 전력을 다해 피하기만 한다면 한나절 안에는 결코 놈들을 잡을 수가 없었다.

"빨리 말하라."

결국 담우천은 그렇게 이야기할 수밖에 없었다. 가면이 웃는 것처럼 느껴졌다.

"먼저 상부의 결정을 전해주겠다."

담우천은 묵묵히 그들을 노려보았다.

"우리 은월천계는 지금까지 이어졌던 담우천과의 모든

인연과 악연을 처음의 백지장과 같은 상태로 되돌릴 것이다. 즉 담우천이 우리를 건드리지 않으면 우리 또한 담우천이라는 존재를 무시할 것이다."

'오호.'

다급한 와중에도 담우천의 눈빛이 반짝였다.

이건 평화 협정이었다.

아니, 말이 평화 협정이었지 사실상 백기(白旗) 투항이라고 할 수 있었다. 무림의 밤을 지배한다는 은월천계가 지금까지 입은 손해를 외면하고 담우천에게 화해의 손을 내밀고 있는 것이다.

"하지만 엄중하게 경고하건대……."

은월천사의 말은 계속 이어졌다.

"만일 담우천의 행보가 은월천계에 손해를 끼친다면 우리는 모든 전력을 기울여 담우천을 죽일 것이다. 이 모든 사안은 담우천에게 우리의 통보가 전해진 순간부터 효력이 방생한다."

사무적으로 끊어서 말하던 은월천사가 문득 비웃듯이 말투를 바꿔 말했다.

"그러니까 만약 지금 이 상황에서 우리를 죽인다면 은월천계는 결코 그대를 용서하지 않겠다는 뜻이야."

"알겠다."

담우천은 고개를 끄덕이며 말했다.

"그럼 그대들 또한 더 이상 내게 접근하지 말도록."

"그럴 생각이다."

은월천사의 말에 담우천은 곧바로 신형을 날리려 했다. 그러나 은월천사는 아직도 할 말이 남았다는 것처럼 그의 앞을 또 다시 가로막았다.

"이번에는 또 뭐냐?"

담우천이 신경질적으로 물었다.

"화평을 제안한 우리가 더 이상 그대의 적이 아니라는 뜻으로 몇 가지 선물을 가지고 왔다."

"필요 없다."

"그런가? 필요 없다면 어쩔 수 없지."

거기까지 말한 은월천사는 담우천을 위해 한쪽으로 비켜서면서 혼잣말처럼 중얼거렸다.

"황계와 제갈가, 그리고 자하에 관련된 선물인데 말이지. 아깝게 되었군."

막 폭광질주섬의 신법을 펼치려던 담우천이 우뚝 멈춰섰다. 가면이 또 한 번 웃는 것처럼 느껴졌다. 담우천은 한숨을 내쉬며 입을 열었다.

"그 선물, 감사한 마음으로 받겠다."

"계집 같군, 마음이 오락가락하는 게."

은월천사는 비아냥거렸다.

하지만 담우천은 발끈하지 않았다. 그는 애써 침착한 표정을 유지한 채 은월천사가 입을 열기만을 기다리고 있었다.

"두 가지 선물이다."

도발에 실패한 은월천사는 결국 쳇, 하며 말했다.

"하나는 제갈가의 제갈원이 수하들을 이끌고 천자산을 떠나 안강 마을로 향할 것이라는 정보다."

"알고 있다."

그래서 내가 이렇게 급한 게 아니겠느냐?

은월천사가 물었다.

"그 무리에 삼신까지 합류했다는 것도?"

일순 담우천의 표정이 달라졌다.

언제나 무심한 얼굴이었던 그가 깜짝 놀랄 정도로, 은월천사의 말은 충격적이었다.

"삼신… 아직도 살아 있었나?"

담우천은 저도 모르게 중얼거렸다. 은월천사가 킥킥거리며 말했다.

"꽤 놀란 모양이군그래. 하기야 삼신이라면… 그대가 아무리 용을 써도 어찌해 볼 수 없는 상대이기는 하니까."

담우천은 눈살을 살짝 찌푸리며 물었다.

"다음 선물은 뭐지?"

은월천사는 담우천이 초조해할수록 기분이 좋은 듯 느물거리며 천천히 입을 열었다.

"모든 건 십삼매의 뜻으로."

담우천의 눈매가 살짝 휘어졌다.

"그건 무슨 의미지?"

"글쎄."

가면은 확실히 웃고 있었다.

"황계라는 곳, 하류잡배들이 모여 만든 조직이라고 무시하지 말라는 뜻이지. 그들은 생각보다 원대하고 놀라운 계획을 가지고 있거든."

그는 느릿하게 말했다.

"물론 그 계획의 주재자는 다름 아닌 십삼매이고… 그대 또한 십삼매가 세운 계획의 일부분이라는 이야기야."

뜬구름 잡는 이야기였다.

담우천은 조금 더 기다렸지만 은월천사는 할 말은 모두 했다는 듯이 입을 굳게 다물었다.

"그게 끝인가?"

담우천의 질문에 은월천사는 고개를 끄덕였다.

"더 가르쳐 주고 싶지만… 내가 해줄 수 있는 말은 한정

되어 있거든."

은월천사는 어깨를 으쓱거리며 말했다.

"어쨌든 그 두 가지 정보가 우리가 그대에게 주는 선물인 게다. 그것들을 어떻게 활용할지는 그대 마음먹기에 달렸지."

'별 볼 일 없는 정보다.'

담우천은 이맛살을 모았다.

제갈가가 안강 마을을 향했다는 건 십삼매를 통해 이미 들어 알고 있었다.

또한 황계가 모종의 계획을 획책한다는 사실도 어느 정도 눈치를 챈 그였다. 공적오마 중 한 명인 혈천노군과 십삼매가 함께 있는 건 바로 그 계획 때문일 것이다.

그리고 십삼매가 자신에게 원하는 게 있다는 것 역시 담우천은 어느 정도 느끼고 있었다. 그랬기 때문에 담우천은 객잔을 떠나기 직전, 그녀에게 한마디 한 것이다. 괜히 자신을 휘두를 생각은 절대 하지 말라고 말이다.

잠시 생각하던 담우천은 두 명의 은월천사를 번갈아 바라보며 말했다.

"그럼 이제 끝이군."

담우천은 내공을 모으며 말했다.

"두 번 다시 만나지 않게 되기를 바란다."

은월천사도 비릿한 목소리로 말했다.

"나 역시."

바로 그 순간, 담우천은 지면을 박차고 순식간에 은월천사 사이를 꿰뚫으며 그들의 뒤편으로 사라졌다. 흙먼지가 뒤늦게 일어나면서 은월천사들을 휘감았다.

은월천사는 가볍게 손을 내저었다. 뭉게구름처럼 피어나던 흙먼지가 자취를 감췄다. 그리고 담우천 또한 이미 그들의 시야에서 사라진 후였다.

지금껏 담우천과 대화를 나눴던 은월천사는 그가 사라진 방향을 주시하며 중얼거렸다.

"저자… 더 강해진 것 같군."

은월천사들은 언제나 담우천의 뒤를 쫓았고 그를 감시했다.

즉, 담우천이 아무리 발버둥 치더라도 그들의 시야를 벗어날 수 없다는 의미였다. 그리고 담우천과 그들이 치열한 일전을 겨룬 것도 불과 몇 달 전의 일이었다.

하지만 요 몇 달 사이에 상황은 변했다.

지금 담우천은 은월천사들이 도저히 따라잡을 수 없을 정도로 빠른 신법을 펼치며 그들의 시야를 벗어났다. 이제 은월천사는 담우천의 뒤를 쫓을 수도, 그를 감시할 수도 없게 된 것이다.

"뭐······."

은월천사는 어깨를 으쓱거리며 중얼거렸다.

"이제는 그럴 필요도 없어졌으니까."

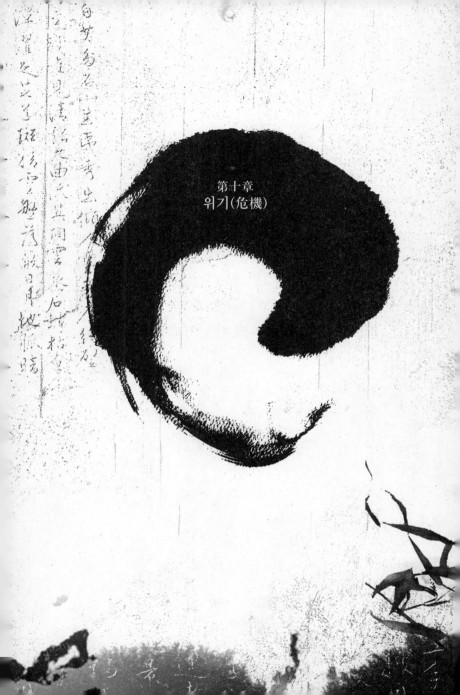

第十章
위기(危機)

틈 너머로 모옥을 향해 사람들이 걸어오고 있는 광경이 보였다.
그리고 그 사람들의 선두에 서 있는 사내가 보였다.

제갈원.

바로 그자가, 조금 전까지 자하가 살고 있었던 모옥에 모습을
드러낸 것이다.

자하는 비틀거리며 쓰러졌다.

1. 저주(詛呪)

고 노대가 죽었다는 사실과 담우천 일행이 안강 마을로 은신처를 옮겼다는 소식을 십삼매가 받아든 것은 담우천이 성도부에 당도한 다음 날, 그러니까 구가의방에서 화타활인흑액고의 치료를 받고 있을 때였다.

"무슨 일인가?"

소홍과 노닥거리던 혈천노군이 물었을 때 그녀는 쪽지를 구기면서 고개를 저었다.

"별일 아니에요."

"그래? 흠, 그건 그렇고. 담우천 그 친구를 만나지 않겠

나? 녀석을 우리 편으로 끌어올 수 있으면 꽤 훌륭한 전력
이 될 텐데."

혈천노군이 말했다.

"글쎄요. 한번 만나볼 생각이기는 한데… 과연 그가 우리
에게 설득당할지는 모르겠네요."

"그건 그렇군. 꽤나 고집이 강하고 강단이 있는 녀석이라
어지간해서는 쉽게 넘어오지 않을 게야."

혈천노군은 입맛을 다시며 말을 이었다.

"꽤나 탐나는 녀석인데 말이지."

"그렇게 무공이 뛰어나나요?"

"흠. 나에 비해서 그리 아래가 아니다, 라고 평가할 수가
있지 않을까?"

십삼매는 눈빛을 빛냈다.

자긍심 강하고 오만하며 다른 사람을 칭찬하는 것에 인
색하기로 유명한 혈천노군이었다. 그런 그가 저토록 칭찬
을 하고 욕심을 내는 인재라니, 새삼 담우천에 대한 생각이
깊어지는 순간이었다.

바로 그 순간, 가장 손쉽게 담우천을 포섭할 수 있는 계
획이 그녀의 뇌리를 스치고 지나갔다. 동시에 망설임 혹은
그럴 수는 없다, 라는 표정이 그 위를 덮었다.

십삼매는 입술을 잘강잘강 씹었다. 불과 숫자 다섯을 헤

아릴 정도의 짧은 시간 동안 수많은 감장과 복잡한 심경의 교차로 인해 그녀의 눈빛이 파르르 흔들리고 있었다.

그리고 그녀는 길게 숨을 내쉬며 마음의 결정을 내렸다.

"잠깐만요."

그녀는 혈천노군에게 양해를 구한 다음 제 방으로 향했다. 그리고 얼마 지나지 않아 한 마리의 전서구가 동쪽으로 날아올랐다.

그녀는 다시 대청으로 돌아왔다. 혈천노군은 의미심장한 눈길로 그녀를 바라보았다. 십삼매는 부드러운 미소로 그 눈길을 마주했다.

혈천노군이 고개를 저으며 중얼거렸다.

"정말 독하게 자랐다니까."

"뭐가요?"

소홍이 잘못 들었다는 듯이 물었다.

"아무것도 아니란다."

혈천노군은 껄껄 웃으며 그녀를 안았다.

"너는 커서 평범한 여인이 되어 무림인이 아닌 사내와 혼인을 하거라."

소홍이 입술을 내밀었다.

"그건 저주네요."

"저주?"

"그럼요. 저더러 부엌데기가 되라는 말씀이시잖아요?"

"그게 싫더냐?"

"물론이죠."

소홍은 어린아이치고는 영활하게 눈빛을 반짝이며 말했다.

"저는요, 강호의 모든 영웅이 제 발밑에 무릎을 꿇고 구애하는, 그럴 만한 여걸이 될 거예요. 우리 엄… 언니처럼 말이에요."

혈천노군이 웃으며 말했다.

"그렇구나. 그것도 괜찮겠지."

하지만 그의 눈은 웃지 않았다.

혈천노군은 소홍의 머리를 쓰다듬으며 십삼매를 쳐다보았다.

그와 시선이 마주치자 십삼매는 잘 익은 과일처럼 달콤하게 웃었다. 그러나 역시 그녀의 눈은 혈천노군의 그것처럼 웃지 않고 있었다.

십삼매는 그렇게 웃음기 한 점 없는 눈빛으로 혈천노군을 바라보며 입을 열었다.

"사흘 후 그를 만나러 가죠."

"사흘 후?"

혈천노군이 묻자 그녀는 고개를 끄덕이며 말했다.

"네. 그때가 딱 적당할 것 같아요. 담우천이라는 자를 만나기에는."

2. 저의(底意)

십삼매가 날려 보낸 전서구는 곧장 동쪽을 향해 날아갔다. 그 전서구는 황계 중경지부에 이르러 날개를 접었고, 중경지부는 전서구의 발목에서 쪽지를 꺼내 읽어 내려갔다.

이틀 후.

천자산에 위치한 제갈가의 정문을 향해 누군가 화살을 쏘았고, 그 화살은 정확하게 제갈가의 현판에 꽂혔다.

수문 위사들이 깜짝 놀라 그 사실을 보고했다. 호위당주가 서둘러 밖으로 나와 화살을 살펴보았다. 화살에는 쪽지가 매달려 있었는데 그 쪽지의 내용을 읽은 호위당주의 안색이 급변했다.

그는 서둘러 제갈원에게 달려가 쪽지를 바쳤다. 가뜩이나 심기가 편치 않던 제갈원은 호들갑스럽게 떠드는 호위당주를 질책하면서 아무렇게나 쪽지를 펼쳐들었다.

쪽지에는 이렇게 적혀 있었다.

담우천과 자하, 그리고 그 일당은 무한 외곽의 한 장원에서 이주, 강서성 파양호 근처의 안강 마을에 새로운 은신처를 확보했습니다.

그 정확한 위치는…….

…하략(下略)…….

보낸 자의 이름도 받는 자의 이름도 없었다.

하지만 그 쪽지의 내용은 제갈원의 심장을 불타오르게 만들기에 충분했다.

"뭣들 하느냐? 당장 사람을 꾸려라! 놈들의 새로운 모옥이 있는 곳으로 쳐들어가겠다!"

그는 버럭버럭 소리쳤다.

구백 중 한 명인 은한백이 달려와 그를 안정시키지 않았더라면 아마도 제갈원은 곧바로 안강을 향해 쳐들어갔을 것이다.

하지만 은한백은 침착했다.

"만약 쪽지의 내용이 사실이라면 이번에는 절대로 놓치면 안 됩니다."

그는 제갈원을 진정시키며 말했다.

"하지만 이 쪽지의 저의(底意)도 의심해 봐야 합니다. 어쩌면 담우천이 가주를 함정으로 이끌고자 일부러 보내온

서신일 수도 있습니다."

"내가 함정 따위를 두려워할 것 같소?"

"물론 소가주를 어쩔 수 있는 자, 당금 천하에 아무도 없을 겁니다."

은한백은 침착하게 말했다.

"하지만 등 뒤에서 날아드는 칼은 언제나 두려운 법, 만에 하나를 대비해서라도 삼신과 칠백을 모두 동원하겠습니다. 그러니 하루의 시간을 주십시오."

제갈원은 방안을 이리저리 서성이다가 내키지 않는다는 표정으로 고개를 끄덕였다.

"알겠소. 하지만 단 하루요. 내일 아침, 바로 출발할 수 있도록 모든 준비를 끝내시오."

"그렇게 하겠습니다."

제갈원의 거처를 빠져나온 은한백은 곧바로 구백—아니, 그중 이제 두 명이 죽었으니 칠백이라 해야 할—을 불러 모았다.

그중 몇 명이 제갈보국에게 이 사실을 보고하러 갔고 또 몇 명은 삼신을 모셔오기로 했다.

그리고 은한백은 최정예의 무사 백 명을 추려 제갈원의 호위를 맡도록 준비했다.

정신없이 빠르게 시간이 흘렀다.

이튿날, 제갈원이 원하는 대로 백십이 명의 제갈가 사람은 천자산을 떠나 강서성으로 이동하기 시작했다.

3. 기도(祈禱)

한편 십삼매가 담우천을 만난 날은 제갈원이 화살에 매달린 쪽지를 받아든 그날이었다. 그러니까 그녀는 제갈원이 아직 천자산을 떠나기 전에 이미 그럴 것이라고 예측하고 있었던 것이다.

미처 그 사실을 모른 채 안강 마을을 향해 쉴 새 없이 달리던 담우천이 뭔가 이상하다는 느낌을 받은 건 그가 막 호광성을 지나 강서성의 경계에 들어설 무렵이었다.

'아니, 그때 은월천사는 분명 제갈원이 출발할 것이라고 말하지 않았던가?'

중경을 지나면서 말을 한 필 구입했던 담우천은 흔들리는 말 등에서 문득 그런 생각을 했다.

은월천사는 결국 쳇, 하며 말했다.

"하나는 제갈가의 제갈원이 수하들을 이끌고 천자산을 떠나 안강 마을로 향할 것이라는 정보다."

연신 낚아채는 고삐로 인해 담우천을 태운 말은 코에서 허연 김을 내뿜으며 나는 듯 달리고 있었다. 주변 풍경들이 휙휙, 정신없이 담우천의 뒤로 지나가고 있었다.

관도를 따라 걷던 이들이 그 무시무시한 질주에 깜짝 놀라 황급히 몸을 피했다가 흙먼지를 일으키고 사라지는 담우천의 뒷모습을 향해 욕설을 퍼부었다.

그 와중에서도 담우천의 상념은 계속 이어지고 있었다.

'하지만 십삼매는 이미 출발했다고 하지 않았던가? 도대체 누구의 정보가 옳은 거지?'

아무리 황계라고 하지만 정보력으로 치자면 은월천계가 그들보다 못할 리가 없었다. 천하의 절반, 밤의 세계를 지배하고 있는 은월천계였다. 아무래도 그들의 정보력에 더 신뢰가 가는 담우천이었다.

'그렇다면 십삼매는 왜 제갈원이 이미 출발했다고 했을까?'

알 수 없는 일이다. 직관력 뛰어나고 노련한 경륜을 지닌 담우천이었지만 그 실타래처럼 꼬인 속사정을 파악할 수는 없었다.

'아니, 급한 건 그게 아니다. 어쨌든 제갈원보다 한시라도 빨리 안강에 당도해야 한다. 그 의문점은 나중에 생각해도 늦지 않다.'

담우천은 고개를 홰홰 저으며 상념을 떨쳐냈다.

그랬다. 지금은 다른 생각을 할 때가 아니었다. 오로지, 제갈원보다 최대한 빠르게 안강 마을에 도착하여 자하와 식구들을 피신시켜야 하는 일에 집중해야 했다.

물론 그곳에는 무투광자와 이매청풍 등이 있었다. 하지만 제갈원에다가 삼신까지 나섰다면 아무리 비선의 생존자라 할지라도 그들을 막을 수가 없었다.

'제발 기다려 다오.'

담우천은 박차를 가하며 진심으로 빌었다.

'내가 도착할 때까지만 기다려 다오.'

4. 동굴(洞窟)

담우천이 성도부로 떠난 지 약 한 달 가까이 흘렀다. 여전히 모옥의 나날은 평온했다.

사람들은 모두 이곳 생활에 만족했다. 특히 아이들에게 있어서 이곳은 천당에 가까웠다.

낮에는 칠월의 뜨거운 햇살 아래 아이들은 계곡에서 수영을 하고 물장구를 쳤으며 저녁에는 어른들이 사냥해 온 새나 사슴을 구워 먹었다.

물론 담호는 하루라도 수련을 빼먹는 날이 없었다. 이제는 그를 가르치는 사부도 늘어나서 이매청풍과 만월망량은 물론이고 무투광자마저 자신의 무공을 전수해주고 있었다.

자하의 얼굴은 한결 더 밝아졌다.

그녀와 소화, 나찰염요는 거의 친자매처럼 가까워졌고 그녀들의 수다는 끊일 새가 없었다. 그렇게 쉴 새 없이 떠들고 일하면서 자하는 지난 몇 개월간의 지옥 같은 기억을 점점 잊어갔다.

그날도 무더웠다. 말 그대로 한여름의 뜨거운 열기로 인해 지면에서는 아지랑이가 피어올랐고, 달걀을 놓아두면 그대로 익을 지경이었다.

사람들은 남녀 가릴 것 없이 계곡으로 놀러갔다. 여인들이 간단한 음식과 술을 준비했고 사내들은 아이들과 함께 물속으로 뛰어들었다.

이매청풍만이 그 자리에 보이지 않는 가운데, 그들은 시끌벅적하고 즐거운 시간을 보내고 있었다. 아이들이 물장구를 치며 까르르 웃는 소리가 건강하게 울려 퍼졌다.

하지만 그 행복한 시간은 그리 오래 가지 않았다.

저 멀리 봉우리에서 매의 날카로운 울음소리가 길게 울려 퍼졌다.

일순 무투광자를 비롯한 사람들의 표정이 급변했다. 아이들은 어리둥절한 얼굴로 어른들을 쳐다보았다.

"오늘은 그만 놀자꾸나."

무투광자가 한 손에 한 명씩 안은 채 훌쩍 날아올라 바위 위에 안착했다.

나찰염요는 자하와 소화를 둘러보며 말했다.

"예전에 말씀드린 거 기억하시죠?"

자하는 고개를 끄덕였다. 소화는 불안한 듯 자하의 옷소매를 붙잡고 있었다.

"그곳으로 같이 가요, 아이들과 함께."

나찰염요의 말에 자하는 걱정스레 물었다.

"다른 사람들은?"

나찰염요는 안심하라는 듯이 웃으며 말했다.

"먼저 가 있으면 곧 뒤따라올 거예요."

매의 울부짖는 듯한 소리가 다시 한 차례 들려왔다. 그 소리는 애당초 계곡이 아닌 봉우리 쪽에 자리를 잡고 사주를 경계하고 있던 이매청풍이 보내는 신호였다.

그 신호음을 들은 만월망량은 계곡 높은 쪽의 절벽으로 올라가서 산 아래를 내려다보았다.

이내 그의 얼굴이 딱딱하게 굳어졌다. 그는 무투광자를 내려다보며 소리쳤다.

"단단히 각오해야 할 것 같습니다!"

무투광자가 아이들을 자하에게 건네주며 외쳤다.

"몇 명인데?"

"백 명은 족히 될 것 같습니다."

만원망량은 무려 백 명이나 되는 자가 산 위의 모옥을 향해 올라오고 있는 광경을 본 것이다. 그의 외침에 무투광자의 얼굴이 일그러졌다. 동시에 그는 고개를 갸웃거리며 중얼거렸다.

"어떻게 이곳을 찾았을까?"

그러나 의문을 떠올리기에는 시간이 촉박했다. 사람들은 곧 자리를 이동했다.

아이들의 표정도 딱딱하게 굳어 있었다. 심지어 담창조차 무언가 알고 있다는 듯이 입을 꾹 다문 채 나찰염요에게 안겨 있었다.

계곡을 빠져나온 그들은 이내 두 무리로 갈라졌다. 이런 상황에 대해서 미리 대비해 둔 것처럼 그들의 움직임은 자연스러웠고 재빨랐다.

나찰염요는 자하와 소화, 그리고 아이들을 이끌고 숲 안쪽으로 향했다.

이곳 안강 마을을 은신처로 삼게 된 가장 큰 이유가 그 숲 속에 있었다.

"이제부터는 가르쳐 드린 대로 걸어야 해요."

나찰염요는 숲속으로 걸어들어 가면서 다시 한 번 주의

를 당부했다.

자하와 소화는 긴장한 기색으로 고개를 끄덕였다. 아닌
게 아니라 지금 그녀들은 기묘하게 걷고 있었다. 게처럼 오
른쪽으로 몇 걸음 움직이나 싶더니 뒤로 물러났다가 앞으
로 걸어 나갔다.

선두에 선 나찰염요는 아이들을 양 옆구리에 앉은 채 말
했다.

"암백소혼진(暗魄燒魂陣)이예요, 이 숲 전체에 쳐둔 진법
은요. 비선 시절에 배웠던 진법이 아니니까 저들도 아마 어
쩔 수 없을 거예요. 그러니까 안심하고 기다려요."

그녀의 인도하에 여인들은 진법을 통과하여 숲 깊숙한
곳으로 들어갔다.

소화는 긴장이 풀렸는지 어깨를 축 늘어뜨리며 한숨을
내쉬었다.

나찰염요는 아이들을 내려놓았다. 그리고는 주변의 아름
드리나무들을 둘러보다가 왼쪽의 나무 곁으로 다가갔다.

그리고는 다람쥐 집으로 보이는 나무 구멍에 불쑥 손을
넣었다.

투툭!

우거진 수풀 속에서 무언가 꿈틀거리더니, 놀랍게도 지
면이 반으로 열렸다.

"광자 오라버니와 망량 오라버니가 꽤 고생하셨어요, 이 걸 만드는데."

나찰염요는 그렇게 말하며 지면 아래로 내려갔다. 아이들은 호기심 반, 두려움 반의 얼굴로 그녀의 뒤를 따라 내려갔고 그 뒤로 여인들의 모습이 지상에서 사라졌다.

투툭, 소리와 함께 다시 지면이 닫혔다.

나찰염요는 화통(火筒)을 꺼내 뚜껑을 열었다.

칙!

소리와 함께 불똥이 튀며 불이 붙었다. 불꽃이 가볍게 흔들리는 걸 보니 공기의 흐름은 꽤 좋아 보였다.

허리를 구부려야 겨우 움직일 수 있는 좁은 지하 통로였다. 동굴의 바닥이나 벽면을 보니 인공적으로 만든 흔적이 역력했다.

사람들은 그 좁고 낮은 동굴을 따라 한참이나 걸어갔다. 갑자기 동굴이 넓어지는가 싶더니 이내 거대한 지하광장이 사람들의 눈앞에 펼쳐졌다.

"모옥 뒤편을 조사하다가 우연히 이곳을 발견했어요. 그래서 이곳을 우리들의 진짜 은신처로 삼기로 했죠. 바깥의 진법이나 좁은 동굴은 이 지하광장이 들키지 않도록 나름대로 머리를 굴려 만든 거랍니다."

나찰염요는 어깨를 으쓱거리며 말했다.

자하는 거대한 종유석이 길게 늘어져 있는 동굴의 천장과 벽들을 둘러보았다.

한쪽 구석진 곳에는 물이 흐르고 있었는데 아마 계곡에서 유입된 것 같았다. 그 맞은편에는 몇 개의 단지가 놓여 있었다.

자하의 눈치를 살피던 나찰염요가 입을 열었다.

"그건 한 달 치 식량이에요. 사슴 말린 고기와 벽곡단 같은 거죠."

자하는 그제야 왜 그동안 무투광자들이 매일처럼 사냥을 나갔는지 알 수 있었다.

바로 이곳 지하광장에 저장할 식량을 마련하기 위해서였던 것이다.

"이곳이라면 한 달 정도는 충분히 버틸 수가 있어요. 게다가 저쪽으로 가면 바깥도 내다볼 수 있구요."

자하는 나찰염요가 가리킨 방향으로 걸음을 옮겼다. 갈라진 벽 틈 사이로 새하얀 빛이 새어 들고 있었다. 얼굴 반쪽 정도 겨우 내다볼 수 있는 좁은 틈, 그 틈 너머로 그녀의 보금자리였던 모옥들의 후면이 내려다 보였다.

"뒷산이었구나, 여기는."

자하는 저도 모르게 중얼거렸다.

그러니까 지금 자하 일행은 모옥의 뒤쪽으로 병풍처럼

버티고 서 있는 산 속에 있었다. 그렇게 밖을 내다보던 자하는 하마터면 저도 모르게 비명을 내지를 뻔했다.

틈 너머로 모옥을 향해 사람들이 걸어오고 있는 광경이 보였다.

그리고 그 사람들의 선두에 서 있는 사내가 보였다.

제갈원.

바로 그자가, 조금 전까지 자하가 살고 있었던 모옥에 모습을 드러낸 것이다.

자하는 비틀거리며 쓰러졌다. 나찰염요가 얼른 그녀를 부축하여 자리에 뉘였다.

그리고는 자하처럼 갈라진 틈을 통해 밖의 상황을 주시하기 시작했다.

5. 마신(魔神)

"큰형님이 오실 때까지 숨어 있는 게 낫지 않겠습니까?"

이매청풍이 소곤거렸다.

이미 그는 봉우리에서 내려와 무투광자와 만월망량이랑 합류한 후였다. 계곡 위쪽의 절벽에서 합류한 그들은 제갈원과 그 무리의 움직임을 관찰하고 있었다.

제갈원이 모옥 근처까지 올라오는 걸 보면서 무투광자가

대답했다.

"우리마저 숨으면 놈들이 그냥 돌아갈 것 같나? 우리는 최대한 놈들의 이목을 분산시키는 것에 주력해야 해."

"놈들이 지하광장을 눈치채지 못하도록 말이죠."

"그렇지. 그렇게 하는 게 우리들의 임무. 거기에 만약 형님이 오시면 놈들과 부딪치기 전에 우리가 먼저 빼와야 하니까."

무투광자의 말에 이매청풍은 고개를 끄덕였다.

석 달의 기한을 두고 떠난 담우천이지만 언제 돌아올 줄은 전혀 몰랐다. 오늘이라도 당장 돌아올 수 있었다. 아무런 정보 없이 산을 오르다가 행여 놈들과 마주치기라도 한다면······.

그렇기 때문에 놈들의 움직임을 관찰하고 주시해야 했다.

"저 개자식."

이매청풍이 이를 갈았다.

제갈원의 지시로 제갈가의 수하들이 모옥에 불을 지른 것이다. 가뜩이나 무덥고 건조한 날씨, 모옥은 금세 활활 불타올랐다.

"사방으로 흩어져서 놈들을 찾아라!"

제갈원의 목소리가 절벽까지 들려왔다. 무투광자는 눈빛

을 빛내며 중얼거렸다.

"대충 짐작해서 온 게 아니다. 정확하게, 우리가 이곳에 은신하고 있다는 사실을 알고 찾아온 거다."

그렇다면 자하와 그들의 행적을 찾기 전까지는 산을 내려가지 않을 공산이 컸다.

"도대체 어떻게 알아냈을까?"

무투광자의 말에 만월망량이 정색했다.

"우리는 뒤를 밟히지 않았습니다. 큰형님이 얼마나 조심했는데요."

"우리도 밟히지 않았다구."

이매청풍이 볼 멘 소리를 내뱉을 때였다.

"여기 쥐새끼들이 숨어 있었구나."

늙고 힘없는 목소리가 그들의 등 뒤에서 들려왔다.

일순 무투광자와 이매청풍, 만월망량은 심장이 멎을 만큼 깜짝 놀랐다.

세상에 어느 누가 있어서 그들의 이목을 감쪽같이 속이고 바로 등 뒤까지 접근할 수 있다는 말인가.

하지만 놀람은 잠시, 세 명은 황급히 몸을 날려 그 자리에서 벗어났다.

동시에 허공에서 몸을 돌리며 약속이라도 한 듯 그들은 한꺼번에 지풍(指風)과 장력(掌力)을 날렸다. 강맹무비한 파공성이 허공을 가르며 유성처럼 쏟아졌다.

콰콰콰!

흙이 튀고 돌이 깨졌다. 하지만 그 자리에는 이미 아무도 없었다.

어디지?

세 사람은 품자(品字)로 자리를 잡고 주위를 둘러보았다.

"어린아이들 재롱 같구나."

예의 그 힘없고 늙수그레한 목소리가 그들의 머리 위에서 들려왔다.

세 사람은 동시에 허공을 쳐다보았다.

노송(老松)의 나뭇가지에 조그마한 노인이 다리를 꼰 채 앉아 있었다.

불과 삼사 척(尺) 단구의 어린아이 같은 체격을 지닌, 주름진 얼굴과 새하얀 백발, 수염이 아니었다면 담호 또래의 꼬마라고 생각했을 정도의 노인이었다.

하지만 그 난쟁이처럼 조그만 체구의 노인을 본 순간, 무투광자를 비롯한 세 명의 얼굴이 사색이 되고 말았다.

"설마……."

무투광자는 저도 모르게 중얼거렸다. 너무나 희미해서 바로 곁의 이매청풍과 만월망량도 미처 듣지 못할 정도의 조그만 목소리였다.

"저 노괴물이… 아직도 살아 있다는 말인가?"

"듣기 거북하군, 노괴물이라니."

하지만 난쟁이 노인은 무투광자의 중얼거림을 정확하게 들은 듯 눈살을 찌푸렸다.

"말버릇이 고약한 아이는 벌을 받아야지."

노인은 깡마른 손을 뻗었다.

'이런!'

무투광자는 노인이 손을 뻗는 모습을 보자마자 황급히 몸을 날리려 했다.

하지만 그래도 늦었다. 노인의 손에서 뻗어 나온 음유(陰柔)한 기운은 정확하게 무투광자의 심장을 관통했다.

무투광자는 비명도 내지르지 못하고 앞으로 꼬꾸라졌다.

"형님!"

이매청풍이 놀라 부르짖으며 앞으로 달려가려 했다.

하지만 그보다 빨리, 만월망량이 몸을 날려 그를 붙잡았다. 그리고 그 탄력을 이용하여 다시 한 번 지면을 밟고 크게 도약했다.

단 두 번의 움직임으로 만월망량과 이매청풍은 노인으로부터 순식간에 십여 장이나 떨어질 수 있었다.

만월망량은 뒤도 돌아보지 않은 채 곧바로 경신술을 펼쳤다.

다시 노인과의 거리가 벌어졌다. 만월망량은 평생 동안 이렇게 빨리 달려본 적이 없을 정도로 두 발을 놀렸다.

"이런 이런."

노인은 혀를 찼다.

하지만 점점 거리가 벌어지는데도 난쟁이 노인은 느긋했다. 그는 나뭇가지에 걸터앉은 채 천천히 손을 뻗었다. 이때 노인과 만월망량의 거리를 오십여 장 이상이나 벌어진 상황이었다.

노인의 손끝이 까닥이는 것 같았다. 오십여 장 밖에서 질풍처럼 내달리던 만월망량이 몇 걸음 더 가다가 앞으로 꼬꾸라졌다. 바위 아래로 그의 모습이 사라졌다.

노인은 그제야 천천히 몸을 일으키며 중얼거렸다.

"어딜 감히 내 손에서 도망치려고."

노인은 두 팔을 크게 벌리더니 마치 한 마리 새처럼 허공을 날았다. 그는 단 한 번도 지면을 밟지 않은 채 오십여 장의 거리를 그렇게 날아서, 조금 전 만월망량이 사라진 바위 위로 안착했다.

"이런……."

노인의 얼굴빛이 살짝 변했다. 바위 아래 죽어 있어야 할 만월망량의 모습이 보이지 않는 것이었다. 방금 쏟아진 듯한 울혈(鬱血) 한 줌만이 그 자리에 남아 있었다.

"흠, 제까짓 게 어딜 가려고."

노인은 담담하게 말하며 걸음을 옮겼다.

"그럼 숨바꼭질이라도 해 볼까나."

*   *   *

"누, 누구지? 저 노괴물은?"

이매청풍은 만월망량을 등에 업은 채 질주하며 그렇게 물었다.

그의 얼굴은 백짓장처럼 창백해져 있었다.

경신술이라면 담우천조차 자신을 잡을 수 없다고 장담하는 이매청풍이었다. 그런 그가 전력을 다해 도주하고 있는 것이다. 그럼에도 불구하고 난쟁이 노인은 여전히 그의 뒤를 쫓아오고 있었다.

약 오십여 장의 거리를 일정하게 유지한 채, 난쟁이 노인은 뒷짐까지 진 채 콧노래를 흥얼거리며 이매청풍의 뒤를 따라오는 중이었다.

천하의 무투광자를 일 초 만에 죽인 난쟁이.

오십여 장 밖에서 전력으로 질주하던 만월망량의 어깨를 박살 낼 정도의 무시무시한 무위를 자랑하는 노인. 바로 그때 만월망량이 돌을 밟고 비틀거린 것은 실로 천운이라 할 수 있었다.

"바, 바보……."

만월망량이 다 죽어가는 목소리로 중얼거렸다.

"이 강호에 그런 난쟁이 노인이 얼마나 있다고… 한 번 보면 척 알아봐야지."

일순 이매청풍의 눈이 커졌다.

"서… 설마……."

그는 마른침을 삼키며 중얼거렸다.

"저 난쟁이 늙은이가 마신(魔神) 주유(侏儒)라고?"

만월망량은 희미하게 고개를 끄덕였다. 이매청풍은 저도 모르게 욕설을 퍼부었다.

"이런, 빌어먹을."

『낭인천하』8권에 계속…

신풍기협 神氣風俠

FANTASTIC ORIENTAL HEROES

윤신현 新무협 판타지 소설

「수라검제」, 「태양전기」의 작가 윤신현
우직한 남자의 향기와 함께 돌아오다!

사부와 함께 떠났던 고향.
기다리는 친구들 곁으로 돌아온 강진혁은
사부의 유언을 지키기 위해 강호로 나선다.
반드시 돌아오겠다는 약속을 남기고.

"믿어라. 난 결코 허언을 하지 않는다."

무인으로 살 것인가, 무림인으로 살 것인가.
고민을 안고 나아가는 강진혁의 강호행!

신의 바람이 불어와 무림에 닿을 때,
천하는 또 하나의 전설을 보게 되리라!

Book Publishing CHUNGEORAM

유행이 아닌 자유추구 -
WWW.chungeoram.com

FUSION FANTASTIC STORY

천중화 장편 소설

세계 유일의 남자

**역사를 목격한 적이 있는가.
지금, 세상을 뒤엎을 사내가 온다!**

스포츠 만능에, 수많은 여인의 애정까지…
골프계를 뒤흔드는 골프 황제 김완!

그런데 이 남자의 향기가 심상치 않다.

할머니의 비밀과 부모의 죽음.
그에게 전해진 사건들이 이 남자를 뒤흔들고,
이제 그의 행보가 세상을 움직인다!

『세계 유일의 남자』

**평범한 남자라고 생각했는가?
천만에! 이자는… 세계 유일의 남자다!**

FUSION FANTASTIC STORY

죽은 자들의 왕

페리도스 퓨전 판타지 소설

공전절후! 쾌감작렬!
청어람이 선보이는 판타지의 신기원!

『죽은 자들의 왕』

대륙 최고의 어쌔신 길드, 블랙 클라우드.
어느 날 내려진 섬멸 명령으로 인하여 하루아침에 멸망했다.

그러나……

"오랜만이다, 동생아."

어릴 적 헤어진 동생을 찾아 국경을 넘은 그레이너.
그러나 동생은 죽음의 위기를 겪고,
이제 동생의 모습으로 새로 태어난 그레이너가
모든 음모를 파헤치며 나아간다.

사라졌다 여겨진 전설이 끝나지 않고,
이제 대륙을 뒤흔드는 폭풍이 되리라!

Book Publishing CHUNGEORAM

유행이 아닌 자유추구 -
WWW.chungeoram.com

인기영 장편 소설

현대 강림 마스터

FUSION FANTASTIC STORY

Bokk Publishing CHUNGEORAM

유행이 아닌 자유추구
WWW.chungeoram.com